もふもふを
vol. 7
知らなかったら人生の半分は
無駄にしていた

シロ
ユータによって召喚された白銀の犬(?)。優しい性格で、ハンバーグが大好物。
ラキ
ユータと同部屋の同級生。ユータとタクトのまとめ&ツッコミ役。冒険よりも素材に興味が
タクト
元気で子どもらしく、戦いや冒険が好きなユータの同級生。カロルス様に憧れていて、Aランクの剣士を目指している。
ラピス
深い青色の瞳と真っ白な体毛を持つ、手のひらサイズの天狐。
モモ
ユータが召喚したフラッフィースライムで、召喚獣たちのお姉さん的存在。
ユータ
日本の田舎から異世界に転生した少年。領主であるカロルスに助けられ、ロクサレン家の子どもとして生活している。

ニース
Dランク冒険者「草原の牙」の一員。情けない面もあるが、明るく面倒見がよい。
ルッコ
「草原の牙」の一員で、ツッコミ担当。大雑把な性格で、おしとやかとは無縁。
リリアナ
「草原の牙」の一員だが体力がなく冒険には消極的。無口だが割と辛辣なツッコミが入る。

CONTENTS

もふもふを知らなかったら人生の半分は無駄にしていた

vol. 7

ひつじのはね

イラスト
戸部淑

1章　鍋底亭

「弁当、よーし！　水筒、よーし！　剣、よーし！　エビビ！　……よーし！」

今、エビビ跳《は》ねて返事したよね？　オレはどんどん芸達者になるただのエビに驚きつつ、枕に顔を伏せた。今日は『草原の牙』の面々に討伐《とうばつ》に連れていってもらう約束——なんだけど、出発にはまだ早すぎる。

「タクト～まだ早いよ～。討伐は昼前出発って言ってたじゃない～」

「なんだなんだ、ねぼすけだな！　俺なんてもう訓練してきたぞ！」

「そわそわして眠れなかっただけでしょ～、いいからそこで横になったら～？」

『タクト、一緒にねんねしよっか！』

「いや、俺は！　……おおー、シロ気持ちいいな」

シロに空のベッドへ引っ張り込まれ、タクトが至福の顔で大人しくなった。ぬくぬくサラサラの毛並みに包まれてしまえば、もう抵抗などできやしない。

「あれ、もう寝たの～？　言わんこっちゃない、しばらく寝かしておこうか～。僕も寝るよ～」

ラキは目をショボショボさせながら覗《のぞ》き込んで大あくびすると、そのままモゾモゾとお布団に戻ってしまった。じゃあオレももうひと眠り。シロの温《ぬく》もりが残るベッドで、うーんと手足を伸ばして再び微睡《まどろ》み始める。シロベッドの欠点はただひとつ、狭いってこと。広々と使えるベッドもまた最高……二度寝ってどうしてこんなに幸せなんだろう……。

＊＊＊＊＊

「ゴブリン討伐って何教えりゃいいんだ？　素材だってないし、コツったって……なあ？」

「別にゴブリンに限らず、討伐の時の注意点とかさあ、道中のこととか、色々あるじゃない？」

「任せた」

「リリアナもちゃんと参加してよね⁉」

ゴブリン討伐は常にギルドからの依頼として出ており、朝一番の争奪戦に参加する必要のない討伐依頼だ。朝からひと仕事終えた『草原の牙』は、頼れる先輩演出作戦を練っていた。

「一番避けたいのはさ、なんにも見つからないことじゃない？　半日歩き回って討伐ゼロとかすっごい情けなくなるのよねー」

「でも、そういう時もあるだろ？　望んだわけじゃねえし、どうしようもなくね？」

「そうなんだけど！　今日だけは避けたいワケよ！」

息巻くルッコの横で、リリアナが静かに手を挙げる。

「はい、リリアナさんどうぞ」

「ユータって索敵《さくてき》できたような」

「「……あ！」」

瞳を輝かせた直後、２人はガックリと肩を落とした。

「ダメじゃねーか……新米に頼る先輩……全然ダメじゃねーか……」

「ああーウチにも魔法使いがいたら！　ニース、もうちょっと感覚磨いてよ！　一流は魔物がいたら感覚で分かるって言うじゃない！」

不毛なやり取りの最中、乱暴に開けられた扉から、小さな影が３つ飛び込んできた。

「ごめんなさい～！　遅れちゃって～！」

口々に謝罪しつつ現れた３人に、『草原の牙』は気まずげに視線を逸《そ》らした。

「い、いやぁ……もうちょーっとゆっくりしてくれてもよかったんだぞ⁉」

「は、早いのね～全然！　今来たとこだから！」

「むしろ私たちが間に合ってない」

きょとんと首を傾《かし》げるユータたちに、頼れる先輩たちは少し項垂《うなだ》れて首を振った。

＊＊＊＊＊

「この辺りは厄介《やっかい》な魔物がいねーから、そんなに気にしなくていいけどな、基本的に外を歩く時は、気配を殺して静かに歩くんだぞ」

オレたちはさっそく街を出て、森へと向かった。いつもの草原だけど、そわそわしてくる。

「そうなの？　オレたち、結構大きな音を立てて歩いてたよ」

確かに静かに歩く癖《くせ》を付けておかないと、今後の冒険で困るだろう。獲物《えもの》は減っちゃうけど、仕方ない。

「大きな音？　どうやって歩いてたんだ？」

「こうだぜ！　わははははは！　俺の昼飯《ひるめし》ー！　出てこーい！」

いつものごとく、タクトが大声を上げながら、剣の鞘《さや》を振り回して歩き出した。

「ちょちょ、ちょっと何やってんのぉ!?　危ない！」

慌《あわ》てて駆け寄ろうとするルッコたち。後ろからリリアナが弓を引き絞る音がした。と、周囲の草陰から小さな魔物が数匹飛び出してきた。

「虫！　虫！　お、飯！」

タクトは慣れた様子で素早く剣を振ると、ホーンマウスを拾い上げてにんまりと振り返った。

「やったぜ！　唐揚げマウス～！」

ちなみに切り捨てた虫の魔物は、ラキが嬉《うれ》しそうに確保していた。

「え、早……？　あの、なんか、結構すごいんですけど⁉」

「あれぇー俺……大丈夫？　負けてねえ？」

「他で勝てないのに……戦闘まで負けたらニースの存在意義が……」

武器にかけた手をそのままに、ニースたちが呆然《ぼうぜん》と顔を見合わせた。

「アニキたち！　どう？　俺、結構強くなってない？」

そのきらきら輝く瞳に気圧《けお》され、３人はうっと呻《うめ》くと揃《そろ》って眩《まぶ》しげに手をかざした。

「お、おう……タクト、やるじゃねーか！」

「格好よかったわよ！」

「将来有望」

褒《ほ》められて、この上なく嬉しそうに照れ笑いするタクトに、むうっと頬《ほお》を膨《ふく》らませた。オレだっていつも褒めてるのに、そんな顔しないじゃないか。

「タクト、普通の人に褒めてもらいたかったんだね～。身近に『普通』クラッシャーがいるもんだから……強さの基準がもう分かんなくなっちゃってるもんね～」

『主《あるじ》と比べるからだぞ、なんせ主はこの俺様を使ってるんだからな！』

タクトもチュー助に教わっているけど、チュー助の専門は短剣だもんね。やっぱりオレの方が有利だ。だけど、オレならタクトに褒められたって嬉しいのに。

『ふふ、だってタクトはあなたも守りたいんだものね～。少年の心は複雑ね』

モモは全て分かったような顔で、ふよんと揺れた。

褒められたものの囮《おとり》作戦は却下されたので、獲物は通りすがりに見つけたわずかな分だけだ。もちろんレーダーは使っているけど、危険が迫る時以外は、なるべくラキとタクトに獲物の位置を言わないようにしているんだ。2人の感覚や経験の妨げになっちゃうから。

「さて、本格的に森に入る前に腹ごしらえしとくか！」

「「「はーい！」」」

オレはさっそくテーブルと椅子を用意して、タクトは道すがら集めた薪《まき》に火をつけた。

「獲物が少ないから、スープだよね～？」

「うん！　簡単なものにしよっか。やっぱりお弁当持ってきてよかったね！」

ホーンマウスを捌《さば》くのはラキに任せて、オレは道中で集めた野草を刻み始めた。

「「「………………」」」

沸《わ》いた鍋にお肉を入れたところで、保存食を持ったまま目を点にして固まる3人に気付いた。

「あ、その保存食、前に作ったみたいな雑炊《ぞうすい》にすることもできるよ。そのまま食べる？」

彼らは以前、鍋を持ち歩こうって話していたのに、結局そのまま齧《かじ》ることにしているみたいだ。余計なお世話かなと首を傾げると、ハッとした3人は胸ぐらを掴《つか》む勢いで詰め寄ってきた。

「ハス〜ハス〜たまんない！　いい香り……」

「私はこんな嫁を求む」

「お前に嫁はいらねえよ！　俺だってこんな嫁欲しい！　もはやユータでいい！」

「「……ケダモノ」」

「なっ⁉　ち、違うぞ⁉　そうじゃねえって‼　俺はその、パーティに欲しいって意味だぞ⁉」

楽しく漫才している3人を尻目に、すっかり手際《てぎわ》のよくなったオレたちは瞬《また》く間にスープ雑炊を仕上げ、テーブルにお弁当を広げた。

きれいに巻いた卵焼き、レタスとハムをくるくる巻いた飾り切り、照り焼きチキン、カボチャの煮付け、お魚フライ、角煮風……みんなで食べられるように、行楽風に大きなお弁当箱にたくさん詰めて持ってきたんだ。お弁当って彩りも大切だもんね、カロルス様みたいにお肉ばっかり入れたら茶色いお弁当になっちゃう！　赤、黄、緑、ちゃんと3色入るようにお野菜もたくさんあるよ。好みがあるだろうし、和洋折衷《せっちゅう》で色々用意したんだ。

そして、行楽といえばいろんな具材の入ったおにぎり！　オレの手で握ると、ちっこいおにぎりになっちゃうんだけど……これはこれでかわいくていいよね！　こうやって広げると、なんだかそれだけですごくわくわくしてくる。

「これなんだ？　きれいだな……」

「このテーブルとか一体どこから？　なんて思ったりしないっ！　今それどころじゃないの」

「あの三角……味に種類があると見た……」

じーっとお弁当を凝視する3人に、スープを配りながら説明する。

「あれは卵焼き。味付けしてくるくる巻いてるんだよ！　オレ、とっても好きなの。三角はおにぎりって言うんだよ。中に入っている具材は3種類あるんだ。ごはんに味が付いてるのもあるよ。はい、お先にどうぞ、召し上がれ～」

よだれを垂らさんばかりにしていた3人が、どうぞと聞くなり見事なスタートダッシュを見せた。さすがパーティメンバー、実力は見事に均衡している……！　しかし、お互いの牽制《けんせい》と読み合いが功を奏し、それぞれまずは狙った獲物の確保に成功したようだ。

「うまっ!!　泣けてくるぜ」

「んー何これ？　お野菜？　甘くて美味《おい》しい～！」

「はぐはぐはぐっ」

3人は、どうやらまずは和食からいったようだ。卵焼きにカボチャの煮付け、おにぎりをそれぞれ頬ばって、今度はどれだけ早く咀嚼《そしゃく》し、かつ嚥下《えんげ》できるかの勝負に入った。

「おまっ！　待て！　両手に取るな！　それは俺が取ろうと思ったんだぞ！」

「きたないっ！　ちゃんとごっくんしてから話しなさいよっ！　あとそれあたしの！」

「人間の手が2本あるのは、この時のため……!!」

口数の少ないリリアナが優勢か……!?　そしてそれぞれ遠慮なく両手で獲物を確保にかかり、3人は攻守入り乱れた抗争に突入する……!!

「アニキたち食い過ぎじゃねえ!?　俺たちの分なくなっちゃうって！」

「……ねえ、僕たちの分もあるよね～？」

「大丈夫！　えっと、なんか大変そうだから、こっちの方で食べようか……」

オレたちは落ち着いて食べようね……。反面教師を目の前にして、いつもがっつく2人は妙におしとやかに食べ出した。

「おにぎり、いっぱいあるね～！　どれにしようかな～？」

「こっちの具がおかかで、こっちがミンチ、これは佃煮《つくだに》、これが混ぜごはんで――」

「いいよユータ、聞いても全然分かんねえよ！　とりあえず全部美味《うま》いぞ!!　最高～！」

美味けりゃなんでもイイ！　のタクトにくすくす笑って、オレも佃煮をひとつ。小さなおにぎりは、小さなお手々とお口にピッタリフィットして、2、3個食べられるちょうどいい量だ。

「――はぁ～満足!!　最高だったぜ！」

「あなたたち、いつもこんな美味しいもの食べてるの!?　あたし、掃除も洗濯も料理もできないけど楽しいよ？　癒《いや》されるわよ!?　お家が華やかになる逸品、おひとついかがかしら!?」

「詐欺《さぎ》はよくない」

食事中も賑《にぎ》やかだったけど、食後もそれはとどまることを知らない。カロルス様たちとの落ち着いたティータイムと随分違うな、と笑った。


「今日は最高の日だったな！　さー腹も落ち着いたし……そろそろ帰るか！」

「「「おーっ……お??」」」

元気よく拳《こぶし》を振り上げたオレたち３人は、ニースの言葉を反芻《はんすう》し、はて？　と首を傾げた。

「ちがーーう!!　これから！　冒険はこれからじゃねえ!?」

「「「チッ……」」」

いい笑顔で帰り支度《じたく》を始めた先輩３人は、渋々と森の方へ向き直った。

「もう十分楽しかったしいいじゃねーか。いい気分で終わろうぜー。美味いもん食ったあとでゴブリンとか見たくねえなー」

「討伐に来たんだぞ！　アニキ、さっさと行くぜ！」

「へいへい……」

今度から朝の出発にして、討伐が終わってからごはんにしよう。すっかりやる気のなくなった3人を見て、オレたちは固く誓った。


「さて、ゴブリンですがーどうやって見つけるかというと……なんつうか、こうやって歩き回ってると大体出くわすんだよな」

「そんなに多いの？」

「そうだな。多いのもあるし、向こうが獲物を探してるっつうのもある」

「なるほど～僕たちが獲物なんだね。お互いに狙い合ってるって不思議な感じだね～」

「あなたたちならめちゃくちゃ狙われるでしょうね！　逆に、Aランクの人が森に入っても、ゴブリンにはほとんど出くわさないって言うわよ？」

「出くわしたら向こうが逃げる」

そうなんだ！　ゴブリンでも相手を選んでるんだな。Aランク未満ならイケるって思うところが、ゴブリンらしく残念なところだけど……。

森に入ると、『草原の牙』の3人がちらちらオレを見る。索敵しないの？　ってことかな。

「みんなで獲物を探す練習をしてるんだよ。だから、見つけてもすぐに言わないでね？」

「あ……おう」

察したらしいニースがぽりぽりと頭を掻《か》いた。

「しっかりしてる」

「ホントねー、普通は楽な方に傾いちゃうものなのに」

なんとなく褒められたようなので、いろんな感謝を込めて、にこっと笑った。

「……ん。いるんじゃねえ？　そんな気がする」

ふと、タクトが真剣な顔で前方を見据えた。タクトは理路整然と魔法を使ったりするのは苦手だけど、感覚的なものは非常に優れ、なかなかの精度を誇っている。逆に、ラキは説明を理解して実践する方面が得意だけど、感覚的なものは苦手だ。

「え、マジ……？　俺分かんね」

「ニース、カッコ悪いんですけど」

確かにオレのレーダーにも、少し前方にゴブリンらしき気配が2体。こちらに気付いてはいないようで、オレたちから少し逸れたコースを辿《たど》りそうだ。そっと気配に集中するタクトの先導で、オレたちは静かにゴブリンたちに近づいていった。

「いる、あそこ」

ややあって、目のいいリリアナが最初にゴブリンを見つけた。

「うん、普通のゴブリンね。どうする？　あなたたちが行く？」

「もちろんだぜ！　俺が行っていい？」

「僕は後方支援だもの、どうぞ～」

「うん、いってらっしゃい！」

緊張と共にわくわくした気配が醸《かも》し出される。先輩３人が心配しているけど、ゴブリンと戦ったことはある。何よりタクトは結構強いよ、オレみたいに尻込みしない強みもある。

せっかく気付かれずに近づいたのに、タクトは堂々と草を掻き分けて、ゴブリンたちの前に姿を現した。

「よし！　お相手願うぜ！」

真正面から２体と戦おうとするタクトに、先輩３人が慌てた。

「お、おい！　大丈夫なのか？　ゴブリンは甘く見ると危ないぞ」

「うん……怖いところも見たことある。でも、タクトは大丈夫。それにオレたちが後方支援についてるから」

オレがそう言う間にも、ラキはしっかりとタクトを見据えて、魔法の発動準備を整えている。

絶対大丈夫と思っても油断しない。ラキはこういうところがとても大人びていて、頼もしい。

突然現れたタクトに最初こそ驚いたものの、侮《あなど》ったゴブリンたちはよだれを垂らさんばかりの表情で襲いかかってきた。『食糧』、そう思われているのがひしひしと伝わってくる。歯を剥《む》き出した恐ろしい小鬼に怯《おび》えることなく、タクトは落ち着いた様子で剣を抜いた。

「――っはぁ！」

彼の小さな体には、まだ大きすぎる長剣。軽いバックステップで最初の攻撃を躱《かわ》すと、左下から両手で振り上げるように一閃《いっせん》！　全身を使った振りは、まるでテニスのバックハンドのようだ。

完全に侮っていた獲物からの致死の一撃に、先頭のゴブリンが絶叫と共に倒れ伏した。タクトは右手1本でフォロースルーしつつ、剣に引っ張られるように素早く一回転。正面へ向き直ると同時に2体目へ突きを放った。と、脇の茂みが大きく揺れた。

「ラキ！」

「おっけ～！」

タクトは貫いた2体目のゴブリンに蹴りを放って剣を取り戻すと、茂みから飛び出してきた3体目を真横に薙《な》いだ。

「――アースニードル！」

同時に、起き上がろうともがく2体目へ、ラキの魔法がとどめを指す。

「よし！」

「「やった～！」」

タクトが嬉しげに振り返って、駆け寄ったオレたちと勝利のハイタッチを交わした。あれ？　でもオレ、何もしてないような……。

「……うっそー」

「3体を……は、はえぇよ……」

「……驚異」

驚く3人の表情に、ひとまず合格点はもらえたかとホッとする。

「どうどう!?　俺、結構戦えるでしょ？」

にかっ！　と満面の笑みを浮かべたタクトが、きらきらした瞳で3人を見つめた。

「結構ってレベルじゃないわよ……たかがゴブリンでも、複数の相手を同時に相手取るのは難しいのよ？　3体を瞬殺《しゅんさつ》って……」

「ラキ、お前おっとりしてるから魔法なんて間に合わねえんじゃとか、そもそも戦闘無理なんじゃとか思ってたけど！　発動早いし、タイミングばっちりじゃねえか！」

「え～なんか僕、褒められてる気がしない～」

――ユータはもっとすごいの！　ユータも褒めて欲しいの！

ラピスが憤慨《ふんがい》しているけど、オレは何もしてないから褒めようがないよ。

『あなたは目立たないぐらいでちょうどいいのよ。今日はバッチリじゃない』

モモ……それはそれで褒めてないよ。

「あのさ、俺ら一緒に来る意味あった？」

「タダ飯食らい……」

「たっ、タダ飯!?　いやあぁー!?　だ、だって、相手が少なかったから！　だからほら、ユータくんも活躍の場がなかったんだし、ね？」

ルッコの縋《すが》るような視線に、ラキが首を傾げた。

「ユータは、多分道すがら採取で活躍してるよ～？　お昼にも食べたよねえ～？」

草原で採ったのはお昼ごはんになったし、森に入ってからは珍しいものがたくさんあったから、割と楽しく採取していた。あの『金になる植物』『金にならない植物』はオレの愛読書だ！ティアの助けを借りるけど、植物採取能力はなかなかのものなんだよ！

「いつの間に……」

「え!?　いつ採ってたの!?　もしや、ちょこちょこ歩き回って微笑《ほほえ》ましいんだから～なんってあたしが考えていた……あれ!?」

「マジかよ……あちこち興味引かれちゃって、まだまだ子どもだなー危ねえからちゃんと言っとかないとなーなんて！　そんなことを考えていた俺が……俺が間違っていたのか！」

ガクゥ！　と膝《ひざ》をついた2人。いちいちオーバーリアクションだ。きっと、表情にもリアクションにも乏しいリリアナの分を、パーティで補っているんだろう。

「で、討伐はしたけど、どうする？　ゴブリン3体の討伐だけで帰るの、結構寂しいよな」

タクトは苦笑いして肩をすくめた。ゴブリンはちっちゃな魔石があるだけで、素材はないし討伐報酬《ほうしゅう》はとっても安い。そんじょそこらの小さな魔物より知性的で力もあるし、本来簡単な獲物ではないんだけど、数が多いからギルドとしてもあまり報酬を出せないらしい。

「俺らもなんか探すぞ！　まだ帰らねえよな!?」

「ちみっ子が討伐と採取してるのに、あたしたちが獲物ゼロって……ない！　それはないよ!!」

「……私は帰ってもいいけど」

リリアナは気乗りしない様子だったけど、その意見はまるっと無視されていた。確かに『草原の牙』は、獲物なしでオレたちのために半日潰《つぶ》したことになっちゃう。何かお礼ができたらいいんだけど、お金は受け取ってくれないだろうし……。

「――そうだ！　じゃあ、オレ索敵を担当する！　ちょっとしたお礼になる？」

「なる！」

「えーマジで!?　ラッキー！」

「いやちょっとあんたたち！　それでいいの!?　もちろん異論はないんだけどっ！」

きらりと瞳を輝かせた3人に、オレもホッとした。ゴブリンならあちこちにいるし、森はいろんな獲物が豊富だから、獲物に困りはしないだろう。

「アニキ、じゃあ俺も討伐手伝う！　ソロで入れてもらう時の訓練にもなるだろ？」

「僕も～！　おかげで森での戦闘が安全にこなせたし、お礼になれば～！」

「あ……あなたたち！　なんてイイコっ!!」

ルッコが感涙《かんるい》にむせびながら、オレたちをまとめてぎゅううぅ～っと抱きしめた。剣を振るう体はしっかりと引き締まって見えたけど、思いのほかやわっとしていて驚いた。体格的にセデス兄さんを想像していたのに。そういえば最初の出会いからヤクス村へ帰った時、足の止まってしまうオレを抱っこしてくれたのはルッコだった。あれから1年ちょっとかな……ほら、あの時と比べたら、随分とオレは大きくなったよ。ちょっとは頼もしくなったかな？

「お？　どうしたユータ、にこにこして。……ははーん、さてはこいつ、ませガキだな!?　隅《すみ》に置けんやつめ～！」

にやつきながらオレの頬をつつくニースに、きょとんと首を傾げた。

「――ユータに触るな！　汚れる！」

「おおお前っ！　なんで弓を構えるっ!?」

「ユータくんと自分を同じものだと思わないで欲しいわ！」

賑やかに始まった追いかけっこを見送って、オレたちはやれやれと顔を見合わせた。

「あっちにゴブリン2体、こっちは……動物っぽい魔物」

「いやー相変わらず索敵最高だわ。ユータ、お前、オレらのパーティに入らねえ？」

「勝手に勧誘しちゃダメ～！　引き抜き反対～！」

「オレは『希望の光』の一員だもん！　ニースたちも索敵できる人を探したらいいんじゃないの？　魔法使いも必要でしょう？」

『草原の牙』の面々は、剣士と弓士で前衛後衛に分かれてはいるけど、やっぱり魔法使いがいないと今後困ると思うんだ。ルッコは生活に便利な程度の魔法は使えるけど、戦闘で使える魔法使いや回復術士って上位のパーティを目指すなら必須だよね。

「お前ね、そんな簡単に見つかったら苦労しねーわ」

「魔法使いは剣士より少ないから、あんまり売れ残らないのよ～！　残った人はちょっと問題があるっていうかぁ……」

「性格が最悪」

「ま、まあ、そんな感じ。エリート意識が強いって言うのかしら？　『パーティに入ってやらんでもない。感謝せよ愚民《ぐみん》ども！』って感じなのよ」

「そこまでは言ってなかったと思うぜ……」

それは確かに嫌だ。うちのクラスの魔法使い組には、そんな風にならないよう伝えておこう。

「それでさ、アニキたちどっち行くの？　ゴブリン？　もしくは……謎《なぞ》の魔物!?」

そわそわしたタクトが、痺《しび》れを切らしてニースの服を引っ張った。タクトがどっちに行きたいかはっきり分かる。謎って……普通の魔物だよ？　それでもゴブリンよりは違う魔物を仕留めたいんだろう。瞳からその気持ちがビシバシ伝わってきた。

「じゃあ、ひとまず行ってみるけどな、危険な魔物も多いから慎重に近づくぞ。無理なやつならそっと退散するからな？」

「「「はーい」」」

「いい、もし手に負えない魔物と戦闘になった時、私たちは食い止める役、あなたたちは救援を呼ぶ役よ？　間違えないでね」

真剣な声音《こわね》に、オレたちも真剣に頷《うなず》いた。こういうところはさすがに先輩だと感じる。

「手に負えないと思ったら、助けを呼びに行くよ～」

「そう、それでいいのよ。ラキくんは冷静だから、いざという時頼れそうね！」

「誰かとは違う」

「じゃあなんで俺をリーダーにするんだよ!?　俺はイヤだっつったろ!?」

ルッコとリリアナがスッと視線を逸らした。２人も嫌だったんだね……。

魔物に近づくにつれ、賑やかな３人のおしゃべりもなりを潜《ひそ》めてきた。呼吸さえ抑えた慎重な歩みに、緊張感が高まってくる。

「あ……ニース待って、魔物が増えたよ。３体同じ場所にいる！」

「３体か。それが何かってところだな……近づいたら俺が偵察に行く」

囁《ささや》きで会話を交わし、しばらく進んだところで、急に周囲が騒がしくなった。どうやらその３体の魔物同士が争い始めたらしく、なかなか派手《はで》な破壊音と鳴き声が響いてくる。

もうかなり近い。オレたちが藪《やぶ》に身を潜めると、頷いたニースが１人先行していく。

（なんだろう～？　鳴き声だとワイルドボアかな～？）

（ワイルドボアなら手頃な獲物だよな！）

（お肉が美味しいやつだ！）

一応こそこそ会話しているけど、辺りは顔を寄せないと聞こえないほどの騒音だ。へし折れる木の音から、なかなか力の強そうな魔物だと窺《うかが》える。そろそろと進んでいたニースが立ち止まって、藪の奥を覗き込む……と、顔色を変えて飛びすさった。

同時に、大騒ぎしていた魔物の音が、ピタリと止まった。気付かれた……!?

「チィッ……逃げろ！　ブルーホーンだ！」

「３体⁉」

「くっ、引き留める！　さあ走って！」

ニースの表情を見るやいなや、２人がサッと迎撃モードに入った。この場合、オレたちは救援を呼ぶ役と言われたけど……。オレたちの視線がラキへと集まった。

「ブルーホーン……Dランク！　速い、逃げ切れないー。戦闘態勢～っ」

「「わかった！」」

ラキの顔がぐっと引き締まった。リーダーの判断に従い、オレたちも素早く陣形を組む。強敵相手ならオレとタクトが前衛、ラキが後衛！

戦闘態勢を取るやいなや、ドッ！　と目の前の藪が爆発したように弾け飛んだ。奥から姿を現したのは、四足歩行の大きな獣。ワイルドボアっていうイノシシの魔物に似ているけど、ひと回り大きくて青っぽいツノが３本生えていた。足が速そうだし、鼻もよさそうだ……これは逃げても見つかるんじゃないかな。

ブルーホーンの禍々《まがまが》しい瞳がギョロリとこちらを映し、猛々《たけだけ》しい雄叫《おたけ》びを上げた。

「くそ……お前ら後ろへ回れ！　隙を見て逃げろ！　見つからないように行け！」

獲物が逃げないと見て、３体のブルーホーンが悠々《ゆうゆう》と姿を見せた。シロと同じくらいの大きさだけど、重さは2倍以上ありそうだ。

ニースたちは陣形を崩さず、素早くオレたちの前へ立った。

「1体なら、勝てる～!?」

「おう、相手したことあるぜ！　安心しな！」

問いかけたラキの真剣な表情をちらっと見て、ニースはにかっと笑った。

「わかった～！」

すうっと息を吸い込んだラキが、オレたちを見て、リーダーの目で指示を出す。

「ユータ、真ん中お願い～！　僕とタクトは右。大丈夫、勝てるよ～！　左はお願い～」

オレとタクトは信頼を込めて、にこっと笑う。

「「おっけー、リーダー！」」

「やめて！　前へ出ちゃダメよ！」

「お前ら何言ってる!!　ゴブリンなんかと違うぞ!?　……くそっ！」

バッと持ち場についたオレたちに、ニースたちの余裕のない声がかかる。ごめんね、でも、うちのリーダーの采配《さいはい》はなかなかのものだよ？　慎重派の彼がそう言うなら、オレたちは勝てるってことだ。

前に出たオレを見て、ブルーホーンが雄叫びを上げてこちらに狙いを定めた。

「しまった……ユータ!!」

重量級の攻撃は、受ければ致命傷だけど、そんな直線的な攻撃に当たるはずもない。スッと躱しざまに、両の短剣を抜き放って切りつける！

「わ……硬いっ」

チュー助の方はザクッといったものの、普通の短剣では毛皮を貫けなかった。下手に傷つけられたブルーホーンが、怒り狂って闇雲《やみくも》にツノを振り回し始める。その隙に距離を取ると、オレはラキたちの様子を窺った。

ドゴォン！

隣では突進してきたブルーホーンが、ちょうどラキの土壁を突き破った瞬間だった。でも……残念、うちのラキがそんな甘いわけがない。突き破った薄い土壁の向こうは、凶悪な杭《くい》を生やした分厚い壁。為す術《すべ》もなく突っ込んだブルーホーンが、見事に貫かれて悲鳴を上げた。

「っしゃあああ！」

タクトの水をまとった剣が、渾身《こんしん》の力で振り抜かれ、太い首を中程まで分断する。タクト、あんなに炎にこだわっていたのに、きちんと実戦では得意なものを選んでいるんだね。

「よし、あっちは大丈夫だね」

――ブタさんもゴブリンもそう変わりないの。ラキたちでも倒せるの。

そりゃあラピスにとったら、変わりないかもしれないけどね。なんでもないように言ったラピスに苦笑すると、オレは再び突っ込んできたブルーホーンに向き直った。

『単純な攻撃は防ぎやすいわね』

突進するブルーホーンがオレと接触するかと思われた瞬間、出現したシールドに激突した。

ふらりと傾《かし》ぐ体を立て直した頃には、そこにオレの姿はない。

「やあっ!!」

ブルーホーンの背中に着地したオレは、裂帛《れっぱく》の気合いで短剣を振り抜いた。しっかりと魔力を通した短剣は、今度はまるで野菜でも切るようにスパッと首を分断する。

どうっ……と倒れたブルーホーンは、もう二度と動かなかった。


「助かった……マジで」

「九死に一生」

こちらもそつなく3体目を屠《ほふ》った『草原の牙』が、へなっと座り込んだ。

「ごめんなさい～。逃げても追いつかれるし、Dランクの魔物複数だと、Cランク扱いでしょう～？　危ないかなと思って～」

「でも俺たちで勝てると思ったし、ちゃんと慎重にやったぞ！」

荒い息をしながら、3人はじとりとこちらを見た。

「そりゃ危ないよ、危なかったよ。あたしたち火力がないし攻撃が軽いのよね。重量級と相性悪いったら……」

「ゴーレムとか最悪。全滅しかけた。今回も多分、３体はキツイ」

「でもよ、お前らなんだよ……強すぎだろぉ!?　ちゃんと見られなかったけどさ、ユータお前１人で倒してねえ!?」

「オレは１人じゃないよ！　ラピスや召喚獣《しょうかんじゅう》がいるから」

「いやいや……そういうのを世間では１人でって言うんだ。そもそもお前短剣だったろ……」

ラピスは活躍できなくてちょっと拗《す》ねてるけど、あまり派手なのを彼らに見せたくないからね……。ただでさえ存在を知られているんだし。

「ねえ、これっていい獲物？」

尋ねたオレに、３人はいい笑顔を向けた。

「「「最高！」」」

ブルーホーンは単体か番《つがい》で行動するから、今回みたいに3体同時に現れるのは垂涎《すいぜん》の状況らしい。ツノ、ヒヅメとお肉、どれもなかなか素敵なお値段が付くんだって！　みんなで手分けして解体すると、オレの収納へ入れた。どんだけ入るんだよ!?　ってツッコミはスルーだ。カロルス様は元Aランクの上に貴族だから、きっといい収納袋を持ってるんだよ。

『おっにく！　おっにく！　おーいしいよぉ～』

「これ絶対素敵～！　とか言われるやつだろ！　やだ見直したわ！　なーんてな！」

シロが美味しいお肉につられて出てきて、ルンルンでお肉の歌を歌っている。そして隣でニースがスキップしながら妄想《もうそう》を膨らませている。ご機嫌な2人だけど、シロに向けられる視線と、ニースに向けられる視線の温度差は激しかった。

「さっ、今日は奮発しちゃうぞ～！　みんな何食べたい⁉」

「肉」

「あんたには聞いてないわよっ！」

獲物の分配は、オレたちが倒した分はオレたちにって言ってくれたけど、今回連れていってくれたお礼と今後の分も含めて、2体分ニースたちに譲《ゆず》ることにした。残った1体はラキのための素材と、パーティの食料だ。お肉貯金がまた増えたね！

「俺らも乾杯ってやりてえ！　依頼帰りに乾杯して店で食べるなんてさ、大人だろ‼」

「乾杯しても、お酒は飲めないけどね～」

「お前らにまだ酒はなぁ。じゃあ、あそこなんてどうだ？　キルフェちゃんがいる――」

「鍋底亭《なべぞこてい》」

「そう、それだ！　あそこなら美味いし酒以外も色々あったろ？」

「そうね、メニューも酒飲み向けってわけじゃないし、お子様も大丈夫そう！」

えー、できればこう……荒くれたちの集まる場所！　ってとこがよかったなと思うんだけど。すっごい混雑してて、あちこちの乾杯でお酒が飛び散ってさ、時々ケンカなんて起こっちゃうような。いかにも冒険者って感じするよね！

『でもその中で、お子様がジュース飲むのってどうなのかしら？』

……確かに。ニースたちにも迷惑がかかりそう。オレたちの体がもう少し逞《たくま》しく大きくなってからかなぁ。せめてテンチョーさんたちぐらいになったら、堂々としていられるのに。

「ここよ～！　お料理はすっごく美味しいから安心して！」

案内されたのは、街の門から結構離れた場所にある宿屋。うーん、一見して入ろうとは思わない雰囲気ではある。その、なんというか……。

「ぼろっちい……」

「言わない言わない！　お料理は美味しいんだから！　知る人ぞ知る、隠れた名店よ！」

タクトのどストレートな物言いに苦笑いしつつ、ルッコが胸を張った。

「もうちょっと客が来てくれたらなあ。毎回潰れちまわないか不安になるぜ」

「……じゃあ、あんたらがもうちょっと来てくれてもいいんだよ？」

後ろから聞こえた声に、ニースがひゅっと首をすくめて振り返った。

「キ、キルフェちゃん！　違うんだ！　俺は心の底から心配して……」

「心配は必要ないよ、必要なのは金だよ！」

後ろに仁王立ちしていたのは、ほうきを持ってエプロンを着けたお姉さんだった。淡いグリーンの髪と瞳は森人さんかな？　長い髪は緩《ゆる》く結《ゆ》って垂らしていた。情けない声で縋るニースに構わずスタスタと先に立って歩くと、大きく扉を開いて振り返った。

「さあさ、ようこそ鍋底亭へ！　遠慮しないで入った入った！」

きれいな顔立ちに似合わず、肝《きも》っ玉母さんみたいな豪快な笑顔だ。オレたちは促されるまま、ぞろぞろと扉をくぐった。

「へえ～中は案外きれいなんだね～」

「よかった、俺ちょっと心配したぜ」

2人はこそこそと顔を寄せて安堵《あんど》している。確かに外見はボロ……少し寂《さび》れた雰囲気だったけど、内装は古きよき建物の雰囲気を保っていて、異世界版古民家カフェとでも言えばいいだろうか。きちんと整えられて味わい深く、清潔感もあった。

「お客さんだよ～！　起きなっ！」

「いたっ……客!?　ってなんだ、ニースたちか」

ほうきでガツンとやられて飛び起きたのは、カウンターで寝ていたきれいな森人さん。キルフェさんと同じ色の髪と瞳……男性の森人さんは初めて見た。

「あはは、まあ君たちも客には違いないね。いらっしゃい、久々だよね？」

「今日は新たなお客さんを連れてきてあげたのよ～！　しかも将来有望なんだから！」

「へえ～その子たちかい？　かわいらしいお客さんだ」

のほほんとした森人さんは、立ち上がると結構背が高くてモデルさんみたいだった。でも、どうしてだろう、メリーメリー先生と同類の残念な気配がする。キルフェさんには感じなかったから、森人の特性ってわけではないのだろうけど。

「今日は討伐大成功のお祝いにこの店を選んだんだぜ！　子どもにもいいかなと思ってさ！」

ニースはやたらチラチラとキルフェさんを見ながら話している。彼はパーティメンバー以外の女の人がいると、途端《とたん》にダメ男に見える。

「ふうん……あんたら、時間はあるんだろうね？　料理は――おまかせでいいね？」

「肉！　肉があればよし」

「分かってるよ！　お祝いのフルコースだね！　あんたらの奢《おご》りだろう？　おばちゃんに任せておきな！　財布の底すれすれを見極めてやるさぁ！」

「作るのは主に僕なんだけどな……」

「えっ、待って待って……！　せめて財布の半分！　半分は残して!!」

おばちゃん？　まだ20歳やそこらのきれいなお姉さんが言うと、違和感が半端ない。ニースたちがにわかに慌て出したけど、もしあんまり高かったら、３体目のツノも進呈しようかな。

「ねえねえ、お料理するとこ、見ていてもいい？」

「うん？　坊やはお料理に興味あるのかい？　いいとも」

きれいなお兄さんは、オレの後ろに回ると、ひょいと抱えてカウンターの椅子に座らせてくれた。えーと、ありがとうございます……？

「ぶふっ！　プレリィ、そいつも冒険者だぞ！　すげー強いぞ！」

「えっ……そうなんだ？　人の子かと思ったけど種族が違った？　ごめんね～ホントだ、珍しい色をしてるね。本当は何歳なんだい？」

「5歳……オレ、人の子です」

「ええっ!?　見たまんまじゃないか！　ニース、冗談言わないでよ……」

「あははっ！　本当だって！　人の子の幼児だけど、すっごい強いのよ！」

「将来有望な冒険者」

「冗談じゃねえんだってー！」

オレを除いた5人に大爆笑され、オレは頬を膨らませた。

「へえ……この子がねえ。確かに魔力量はすごいものがありそうだよ」

キルフェさんがオレの膨らんだ頬をつついた。この人は魔力視ができるんだろうか？　淡い緑の瞳は、ほのかに光を宿して揺らめいているように見えた。

「あ、そうだ！　オレの家族にも食べさせたくて……。同じものを多めに作ってもらえますか？　その分のお金はオレが払います」

「そりゃいいけど、熱い料理は冷めちまうと美味くないよ？」

「とてもいい収納袋を持ってるので、大丈夫です！」

「おや、いいねぇ！　でも、あんまり人前でそれを言うんじゃないよ？　優しい坊やには特別料金でサービスしてあげよう！」

片目をつぶって親指を立てたキルフェさんに、オレもつられてにっこり笑った。

料理が始まってしまえば、真剣な瞳からは残念オーラが消え、それは頼もしい熟練の料理長の顔となった。カウンターから見る厨房《ちゅうぼう》は、まさに戦場の様相だ。キルフェさんが下準備、プレリィさんが調理、そしてキルフェさんが盛り付けて出す。たった2人の戦いだ。

「はいよっ！　本日のスープ、ミミル貝の冷たいやつ、パンは適当に食べな！」

キルフェさんが頭の上まで使って、大道芸みたいにお皿を運んでくる。料理名は適当だけど、出されたものはとても繊細《せんさい》で美しかった。スープは丁寧に濾《こ》してあるのだろう、とてもきれいに澄んでいて、ミミル貝はカルパッチョ風にソースと絡めてある。

待ってましたと飛びつくみんなに、オレも慌ててカウンターの椅子から飛び降りた。

「そら、魚のバター焼きと――お待ちかねの肉だよ！」

コースと言うものの、がつがつ食べる冒険者に合わせ、出来上がり次第どんどん持ってきてくれるらしい。ほどなくしてテーブルの上は輝く料理でいっぱいになった。

……すごい。オレはこの世界に来て初めて、盛り付けにもこだわった料理を見たかもしれない。そして何より、この美味さ。甘い、辛いではない複雑な味の絡み合いと、繊細に計算された香りの融合。スープは何種類も使われているであろうハーブの香りが胃袋を刺激し、ひんやりしたミミル貝は水っぽさを感じないクリーミーな甘みがあった。白身魚はほろりとした身崩れの心地よい食感で、コクのあるバターの風味が口いっぱいに広がった。お肉は断面のワイン色も美しく焼き上げられ、柔らかくほどけるくせに、噛《か》み締める繊維《せんい》の歯ごたえも感じた。あえて強めに振られた塩で、肉が甘いとすら感じる。どれも一級品、ただもうそのひと言だ。

「あー美味しかった……」

「こんな美味いものがあるなんて！」

「すごい～ほんとに美味しい～」

あまりの美味さに、ついついお腹がはち切れんばかりに食べてしまい、オレたちは斜めに天井を仰《あお》いで、ほう、と息を吐《つ》いた。

しまったなあ。一緒にいるみんなの分しか追加のお料理を頼んでいなかった。カロルス様たちは街へ来た時に案内できるとして、ルーやエルベル様、それに妖精さんたちにも食べさせてあげたかったな。

「そりゃそうさ！　お祝いなんだ、美味くなけりゃ！　ま、その分値段もするけどねぇ！」

洗い物をしながら、キルフェさんが豪快に笑った。これを味わえるなら……オレはいくらでも払うよ！　ここで食べるためにお金を貯めよう!!　もちろんジフの料理も最高だけど、プレリィさんの料理は群を抜いている。和食なんかも作ってくれるだろうか？　オレみたいなご家庭の味じゃなくて、プロの和食を食べてみたい。

そうだ、プレリィさんたちと仲良くなって、お料理のお願いをしてみよう!!　オレは密かに新たな目標を打ち立てたのだった。

2章　雷鳴の大太鼓

「――2人は明日からのお休み、どうするの？」

今日は2人と連れ立って、ぶらぶらと屋台通りを歩いていた。オレはロクサレンへ帰る機会が減っているので、この連休は向こうで過ごすつもりだ。2人は、と見上げて小首を傾げる。

「……俺、ちょっとやることが……」

「あはは、普段ちゃんとやらないから～」

視線を泳がせたタクトは、どうやら補習があるらしい。そこまで熱心にしてくれる先生がいるなんて、ありがたい話ではあるけれど、なかなかそう感じるのは難しいよね。

「まあまあ～、同じ授業料で追加の授業が受けられるって、お得じゃない～？」

「そう、かも、しれねえけど……」

お休みが1日削られるのが相当堪《こた》えたようだ。次からは勉強も頑張ろうね！

「僕は今回学校に残ろうかな～旅費も馬鹿にならないし、ユータがいない間に依頼数稼《かせ》いでおこうかな～」

「俺も俺も！　ラキ、2人でユータより先にランクアップポイント貯めようぜ！」

途端に元気になったタクトが、オレを見てにやっと笑った。そんなイジワルを言うなら、手伝わないよ！　イーっとやったオレの頭を、タクトの手がぐしゃぐしゃと掻き混ぜた。

目当ての屋台でスープを購入すると、オレたちは並んで縁石に腰掛けた。トマトっぽい野菜の赤いスープなんだけど、冷製スープ仕立てなんだ。濃いめの味付けが冷たいスープをただのあっさり味にせず、しっかりと満足感を与えてくれる。思った通り、当たりのお店だ。

満足して器を返そうとした時、オレの体がふわっと持ち上がった。

「えっ……わっ!?」

華奢《きゃしゃ》な腕が、背後からオレをぎゅうぅっと抱きしめている。ぎりぎりと締まってくるそれに、スープが逆流しそうになって慌ててジタバタした。

「ま、マリーさん？　どうしてここに？」

緩んだ腕にホッと振り返ると、予想通りの人物がオレを抱きしめてすりすりしていた。

「ユータ様ぁ～！　最近ちっとも帰ってきてくれないんですもの！」

「ご、ごめんね～」

うるうると瞳をうるませるマリーさんに狼狽《うろた》え、オレはぽんぽんと背中を撫《な》でた。

「よし、確保だ！」

「ユータちゃ～ん！」

「ユータ、久しぶりだね！」

「ユータ様、お久しぶりにございます」

小走りに駆け寄ってきたのは、ロクサレンのみんな。あれ？　一体どうしたっていうんだろう？　そんなに総出で出てきちゃって、領地は大丈夫なんだろうか？

「あ！　カロルス様だ！　こんにちは！　どうしたんだ？」

「ユータの家族～？　貴族様……だよね～」

タクトが元気に挨拶《あいさつ》し、ラキが目立たぬよう後ろに下がった。

「おう、タクトも元気そうだな！　お前たちがユータのパーティメンバーなんだろ！　ユータが世話になってるな！」

「い、いえ～。助けていただいてます～」

「まあ、小さいのにしっかりしてるのね～！　いいのよ、ユータちゃんの友達だもの、楽にしてね。私はエリーシャ、よろしくね」

「よ、よろしくお願いします～」

ふわっと微笑んだエリーシャ様に手を握られて、平民のラキがガチガチになっている。タクトもカロルス様は平気だけど、エリーシャ様やセデス兄さんは苦手だ。見た目は貴族だもんね。

「ねえ、どうしてみんなここにいるの？　領地は大丈夫なの？」

「ぶふっ！　まず尋ねるのがそこなの⁉　やっぱりユータだね～！」

「心配には及びませんよ、カロルス様ならいてもいなくても変わりありませんし、スモークを置いてきましたから」

「そっか！」

でも、スモークさんって多分だけど、防衛の役にしか立たないよね。

「俺だってちゃんとノルマを片付けたじゃねえか！」

「それは滞っていた昨日までの分ですね」

「ぐはっ⁉」

……カロルス様も相変わらずのようだ。オレはエリーシャ様とマリーさんの間を行ったり来たり抱っこされながら、くすくす笑った。


「え……旅行？」

２人とバイバイすると、みんなで門へ向かって歩きながら事情を聞かせてもらった。

「おう、お前明日から休みだろ？　近場で気晴らしにどうかと思ってな！」

「本当⁉　やったー！」

みんなで旅行……いいの⁉　オレはエリーシャ様の腕の中で万歳三唱だ。知らない場所へ行けるのかな？　ううん、知ってる場所でも、みんなでお出かけできるなんて絶対楽しい!!

　必要なものは揃っているらしいので、オレはこそっと転移でムゥちゃんだけ連れて戻ってきた。あとでラキが不思議に思うかもしれないけど、なんとなく……もう転移もバレているような気がしなくもない。

「ムゥ？　ムィムィ！」

「ふあぁ～これは……危険よっ！　ダメよマリー！　見ちゃダメっ!!」

「……ふうぅっ！　精神、統一!!」

「あー、ユータ、その子なに？　ちょっとマリーさんには刺激が強すぎる」

　急に精神統一を始めたマリーさんを尻目に、そそくさとセデス兄さんに引っ張られた。

「この子はムゥちゃんって言うの。オレが育てたマンドラゴラだよ！　かわいいでしょう？　危なくないから大丈夫だよ？」

「ムゥ！」

　根っこのお手々をぴょい！　と元気に上げて、ムゥちゃんが挨拶した。ほらかわいい。そういえば、みんなに紹介してなかったっけ。

「あー。うん、かわいい……。なんでマンドラゴラがこんなのになっちゃったの!?」

「分かんないけど……生命魔法のお水をあげたりしたから、かも？」

「かもじゃないよ！　なんでそう説明書にないことをしようとするの⁉　母上の料理じゃないんだから！　書いてないことはしないの！　隠し味は無理に入れなくていいんだって‼」

エリーシャ様、お料理苦手だもんね。それと同じレベルで言われるのは少々納得いかない。

ひとまずムゥちゃんはお気に入りのミルクピッチャーに入れて、馬車のはめ殺しの窓枠《まどわく》に置いた。今日はロクサレン家総出の旅行だから、一番大きな持ち馬車だ。

オレはよいしょとカロルス様のお膝に乗ると、遠慮なく体を預けた。硬い腹筋がゆったりと上下するリズム、伝わる体温。大きな安心感に包まれて、ふわっと顔が綻《ほころ》ぶのを感じた。

「どうした？」

「……ううん。カロルス様は、やっぱり大きいね！」

背中から響く声に、頭をこてんと預けて笑った。

「ムッムゥ～ムッムゥ～♪」

――ご機嫌なムゥちゃんが、窓の外を眺《なが》めつつ葉っぱを左右にふりふり、小さな声で鼻歌（？）を歌っている。女性陣2人は、鼻先がくっつかんばかりの至近距離でそれを見つめていた。ゆらゆらする葉っぱに合わせ、2人の体もリズミカルに揺れている。

「んッん～んッん～♪」

オレにも鼻歌が移ってしまった。よく分からないリズムを刻みながら、でっかい手のひらを両手で掴んで眺め透かした。オレは今、ハンドエステのエステティシャンになりきっている。ちょっと伸びた爪を削って、あったかいお湯で包み込み、マッサージしながら武骨《ぶこつ》な手をきれいにしていく。お湯加減どうですか～？　なんてね！

「……楽しそうだな」

「うん！　どう？　きれいになってるでしょう？」

心地よく響く重低音に、仰のいて笑った。カロルス様の顔が以前より近くなった気がする。

「まあ……そうだな。お前は楽しそうだが、されている俺は結構怖いぞ……」

怖い？　風魔法や水魔法で爪を削るのを試してみたからかな？　大丈夫、何かあっても回復できるから！　仕上げに水滴を飛ばして温風で乾かすと、ピカピカになった大きな手に満足して頷いた。

「じゃあ次、セデス兄さんもやってあげる！」

「えっ!?　いえいえ!!　お構いなく!!」

ぴょん、とカロルス様のお膝から飛び降りてにっこりすると、ぶんぶん！　と大きく首が振られた。

「まだ到着まで時間かかるんでしょう？　退屈になるし、遠慮しないで！」

「うっ……えーとえーと、そういえば行く先のことを聞くんじゃなかった？」

そうだった！　行く先は馬車に乗ってから話そうって言われてたんだ。近場って言ってたけど、この世界の人たちが言う「近場」って決して近くない。

「おう、ゼローニャの町に行くぞ。最近暑いからな、涼しげなところがいいだろうってな」

「ゼローニャの町は、とても大きな滝が有名な場所ですよ。雷鳴《らいめい》の大太鼓《おおだいこ》という別名があって、その轟《とどろ》きははるか3つ向こうの村まで響くと謳《うた》われています。豊富な水のおかげで、色々な果物も有名ですよ」

「大きな滝!?　それを見に行くの？　楽しみ!!」

滝と言うからには山があるんだろうか？　ロクサレン地方は平原ばっかりで山がないので、がらりと景色が変わるんだろうなとわくわくしてくる。

「それと……もうひとつあるんだがな」

「もうひとつ？」

「お前が喜びそうなところだ。ま、あとの楽しみにとっておけ」

カロルス様の言葉は気になるけれど、滝の町だって！　それだけでオレの期待は上昇の一途を辿っている。

『ふふん、俺様ゼローニャは行ったことあるぜ。あそこはうるさかった！』

「チュー助は滝を見たことあるんだ！　どんなだった？」

得意げだったチュー助が、途端にしおっと縮んだ。

『……見たことは、ない……』

「え？　行ったのに見なかったの？」

『だって……俺様見せてもらってないもん』

ああーそっか！　チュー助はその時まだ短剣そのものだったもんね……そりゃそうだ、ほーらこれが滝だよーなんてわざわざ短剣に見せる人はいない。

「じゃあオレたちと一緒に『初めて』ができるね！」

『……うん！　俺様も主も初めてだな！　おんなじだ！』

嬉しそうな顔をしたチュー助が、ムゥちゃんの横に並んで、ぴたっと窓に貼り付いた。

「ムィ？」

『俺様も外見る！　一番に滝を見つけるぞー！』

ムゥちゃんは小さな手（？）をピッと挙げると、元気にムゥ！　と鳴いた。

「ムッムゥ～ムッムゥ～♪」

『ふっふ～ん、ふんふ～ん♪』

「ピッピ～、ピピッピ～♪」

ムゥちゃんの葉っぱがゆさゆさ、チュー助のしっぽが右へ左へ、ティアのお尻も左右へ揺れて、なんだか窓辺はノリノリだ。

『ゆーた、滝の町楽しみだね！　あのね、ごごうってもうすごい音がしてるんだよ！』

街を出てから元気に外を走るシロは、馬車の中の会話もちゃんと聞いていたようだ。その大きな三角のお耳には、もうばっちりと雷鳴の大太鼓が聞こえているらしい。

「楽しみだね！　じゃあもう近いのかな？」

いくら耳を澄ませても、ガラガラと走る馬車の音しか聞こえない。乗合馬車じゃないので、結構なスピードだ。馬車って意外と速い。この調子だと案外早いうちに着くんだろうか？　オレは逸《はや》る気持ちを抑えて、再びカロルス様のお膝に飛び乗った。


「――ユータ、お前、起こさなかったら怒るだろう……ほら、起きろ」

カロルス様の呆《あき》れた声と、ゆさゆさと振られる体で目が覚めた。

「お前、よく寝ていられるな」

――ユータ、ユータ!!　すごいの！　これ、これが滝なの!?

「わ、わ、これ滝の音!?　すごい……！」

耳慣れない轟音《ごうおん》にバチリと目が覚めた。いつの間に寝ちゃったんだろう。周囲には会話の声を張り上げないと聞こえないくらい、激しい水音が響いていた。

「うわあ～～!!」

馬車の窓に貼り付いたムゥちゃんにチュー助にティア、そしてモモまでいつの間にか外を眺めている。みんなの後ろから、オレもほっぺをくっつける勢いで窓に貼り付いた。

そこは、山じゃなかった。どちらかといえば、崖。地面が突然途切れたような渓谷に、全く対岸が見えない巨大な川が流れ込んでいる。まるで海のような圧倒的な水量……それがそのまま、全部真下へ滑り落ちていく。それは、古人《こじん》が考えた平らな地球の果ての姿のようだった。想像を超えたスケールに、言葉もなく見つめるオレたち。カロルス様たちは何も言わず、微笑んでオレたちを見つめていた。

「カロルス様……すごい！　滝――こんなに、大きい……」

ややあって我に返ったオレは、興奮してカロルス様を引っ張った。

「すげーだろ？　分かってる分かってる！　ほら、もう着くから座ってろ」

ぐいぐい引っ張るオレをものともせずに、ひょいと持ち上げて抱え直された。窓の方に行きたくてじたばたしてみるけど、危ないからと鋼《はがね》の腕が装着されてしまった。

「うふふ、大丈夫、もう降りるから好きなだけ眺められるわよ！」

「近場の旅行だしね、宿はいいとこ取ったんだよ！　ユータ、お部屋から滝が見られるからね！」

「ホント!?」

それはもう、たっぷり振られた炭酸飲料の栓《せん》のように、オレたちは停車と同時に飛び出した。

「「わーーい!!」」

「こら、走るな！　待て、セデス!!」

そう、オレたち。えへへ、セデス兄さんも一緒なら怖くないね！　隣を走るセデス兄さんの手を取って、走りながら手を繋《つな》いだ。なんだか二人三脚みたいだ。

「まあまあ、セデス様ったら、まだまだセデス坊ちゃんですねえ」

「2人ともはしゃいじゃって……もう～かわいいったら！」

――結局、宿まで結構な距離を走って到着！　したんだけど……当然ながらあとから来た大人組にこってり怒られてしまった。

「お前は～！　なんでいつまでたっても子どもが抜けねえんだ」

「あら、その台詞《せりふ》そっくりそのままあなたに返そうかしら」

「……お、俺は子どもなんじゃねえよ、まだまだ若いっつう美点だこれは！」

苦しい言い訳をするカロルス様に、執事さんの冷却された視線が注がれていた。

「うわあーきれいだね！　立派なお宿！」

ゼローニャの町は観光地として人気があるため、様々な宿が林立して、普通の民家よりも商業施設や宿の方が多いんじゃないかと思えるくらいだ。その中でもひときわ小洒落《こじゃれ》た建物が、今回の宿らしい。ロビー正面は広々と開放的なテラスになっていて、あの滝が目の前に見える。

「「すごーい!!」」

セデス兄さんとテラスの手すりぎりぎりまで身を乗り出して滝を眺めれば、もうもうとした水煙《すいえん》で一気に全身がしっとりした気がする。

「すごいね！　落ちたらどうしよう！」

「どうしようか〜！　滝壺《たきつぼ》見えないもんね、あはは、お尻がむずむずするよね！」

わくわく、ぞくぞくしながら下を覗き込んでは笑う。セデス兄さん、ちょっと落っこちてみたいって思ってるでしょ！　きらきらした瞳が雄弁に語っている。

「ほら、ユータ危ないよ！　もう、落っこちてもいいやって思ってるんじゃない？」

「違うよ、それはセデス兄さんだよ！」

「いーや、ユータの顔にもそう書いてあるよ！」

バレてる！　オレたちは顔を見合わせて大笑いした。

「この怖いもの知らずのバカどもは、危なくて仕方ねえな。ここに落っこちたらお前なんてバラバラだぞ。マリーぐらいでないと無事には済まんぞ？」

「ええーそうなの？　お水の滑り台みたいなのに……」

「むしろ平気なマリーさんが怖いよ」

「あいつなら水浴び感覚で行水《ぎょうずい》できるかもな！」

わはは！　と笑うカロルス様。オレとセデス兄さんは微笑みながらそっと後ろへ下がった。

「おわぁっ!?」

煙る水のカーテンを切り裂いて、メイド服をまとったきれいな脚がカロルス様を掠《かす》めた。

「カロルス様、お暑いでしょう？　さ、お水はたっぷりご用意できますよ、どうぞどうぞ！」

「ちょっ！　待てっ！　何も悪いこと言ってないだろ!?」

「ええ、ですから、怒ってませんよ？　行水を、お勧めしている、だけです！」

「怒ってねえなら！　蹴りをっやめろっ!!　当たったらっ、マジでっ、危ねえ！」

人がいないのをいいことに、滝壺をバックに元Aランク同士の攻防が繰り広げられている。

カロルス様、滝壺に叩き落とされたら、ぜひ感想を聞かせて欲しい。

「まったく、マリーまであんなにはしゃいじゃって。あの人はデリカシーがないのよ。乙女心ってものが分かってないわ」

「乙女心……ですか……」

ゴッ！　バキッ！

剣の鞘で受け流された華奢な脚が、時折地面を割っているのを眺めつつ、執事さんは遠い目で呟《つぶや》いた。

『ゆーた、とってもきれいだよ！　起きて起きて！』

『素敵な眺めね……』

——きれいなの！　ラピス、あそこまで行ってくるの！

昨日ははしゃぎ疲れてすぐに寝てしまったけれど、うつらうつらしながら食べたお料理は、珍しくて美味しかった……と思う。お肉に果物のソースがかけられていて、オシャレな見た目と味わいで——もっと材料なんかを考察したかったのに、睡魔《すいま》に負けてしまったのが悔しい。

シロの冷たい鼻でぐいぐいほっぺを押されて、オレはうーんと眉根を寄せて寝返りを打った。

「ピピッ！」

ティアが優しくオレの髪をついばんで、早く起きろと促してくる。

「んー、なあに？　オレ眠たいなあ……」

『あとで寝たらいいよ！　とってもきれいだから見て！』

「きれい……？」

ぼんやりと体を起こせば、ぐいっとシロの背に乗せられて、とことこテラスまで運ばれた。

オレたちの部屋に設置されたテラスからは、ロビーと同じように大パノラマの滝が見える。

「……わあぁ……」

『ね？　きれいでしょう？』

世界が、黄金色だ……。空を昇り始めた朝日がごうごうと流れる滝を照らして、その水煙を染め上げていた。見渡す限りに金色の光が満ちて、染まった霞《かすみ》の合間に見事な虹が橋をかけていた。天国ってこんな感じだろうか……こんな世界なら、きっと幸せに違いない。

『主、おはよ！　主もキンキラだ！』

『それ素敵ねえ……とてもきれいよ』

『ゆーたきれい！　見て見て！　ぼくもきらきら！』

ムゥちゃんをおんぶしたチュー助が、振り返って眩しそうにオレを見た。キンキラ……？

ふと見れば、滝の水蒸気を受けてオレたちの体にはびっしりと細かな水滴が付いていた。シロの白銀の毛並みは細かな水滴をまとい、朝日を受けて今だけは金色に煌《きら》めいている。オレの黒い髪も、光を受けてさぞかしキラキラしているのだろう。

「ピッ！」

ティアがぷるるっと体を振ると、細かな水滴がパッと散って輝いた。

『俺様も俺様も！　主、見て見て！』

「ムムムィッ!?」

ぶるるっと体を震《ふる》わせたチュー助に、しがみついていたムゥちゃんが慌てて抗議の声を上げる。一気にぼさっ！　と爆発したチュー助の毛並みに、思わず笑った。天国ってきっと素敵なところだけど、今いるここも、きっと負けないくらい素敵な場所なんじゃないかな。

「ユータ、独り占めはずるいよ～僕も起こしてよ」

みんなで美しい景色を堪能《たんのう》していたら、同室のセデス兄さんがのっそりと起きてきた。相変わらず、どうやったらそうなるのかって髪をしている。その爆発頭にもびっしりと水滴が付いて、朝日を浴びるセデス兄さんは、無駄《むだ》に美しく煌めいていた。

「――きれいだねえ」

ぼんやりとした緑の瞳が、黄金の光を受けて眩しげに細められる。水蒸気の重みでへなへなしていく髪をぐいっと両手で掻き上げ、爆発頭がざっくりとオールバックになった。そうすると、見た目だけは王子様だ。とてもクールで賢そうに見える……見た目だけね。

「うん、本当にきれい。オレこんなにきれいなの、初めて見た」

「ふふ、ユータにとっては、どこもきっと初めて見る景色だよ。たくさんきれいなものを見るといいよ、いっぱい素敵なものを詰めて大きくなろうね！」

オレは光を背にするセデス兄さんを仰ぎ見て、目をしばたたかせた。

素敵なものを詰めて……そっか。それ、いいなあ。大人になった時、素敵なものでいっぱいになっていよう。そうしたら、きっとオレ自身だって素敵な人になっているに違いない。ふわっと微笑んだセデス兄さんに、オレも満面の笑みを浮かべた。

「ユータ、よく眠れたか？」

「うん、ぐっすりだったよ！　あのね、朝の滝がすごかったんだ！」

別室だったカロルス様たちと合流して、オレたちも朝食の席についた。フロア貸し切りの宿なので、一番大きなお部屋に全員集合して、朝食を運んでもらっている。ちなみに寝室の部屋割りはだいぶもめたらしいけど、執事さんがビシッと決めてくれた。

朝食はシンプルなパンとサラダだったけれど、さすがフルーツの名産地！　色とりどりのジャムが添えられていて、どのジャムを付けようかとさっきから目移りして仕方ない。

「よく眠れたか。やはり先に言わんで正解だったな」

半分上の空でカロルス様の声を聞いていたら、なんだかとても引っかかる物言いだ。

「……？　なんのこと⁇」

ちらりとカロルス様の楽しそうな顔に目をやりつつ、一口目は黄色いジャムに決めた！　次は紫のにしよう。

「ゼローニャはな、滝が有名なんだが――もうひとつ名物があるんだ」

「もうひとつ？　果物も有名だって聞いたよ！」

「それもあるな。でも、それ以上に人を集めるものだ！」

これだけでも十分に人は集まると思うけど……。ジャムはどれも美味しい。新鮮な果物が手に入るからだろう、甘すぎず、ジャムというよりコンポートに近いだろうか、しっかりとそれぞれの風味や食感が残っていて、頬ばると自然と口元が綻んだ。

「お前、行きたいって言ってたろ、行ってみるか？　ここはな…………ダンジョンがあるぞ」

「!?」

オレはぽかんと口を開けて、スプーンを落とした。……ダンジョン？　今、ダンジョンって言った？　行ってみるかって、そう言った!?

「――っ！　行くっ!!」

オレは一挙動で椅子の上に立ち上がり、身を乗り出した。いいの？　本当にいいの??　そっとエリーシャ様を窺い見ると、にこにこ顔と目が合った。

「ふふっ、いいのよ。その代わり、みんなで行くのよ？　だって、ユータちゃんはいずれダンジョンにも行くんでしょう？」

「だったら、先にみんなと一緒に経験しておく方が安心だって話になったんだよ。僕も冒険者じゃないからダンジョンってほとんど行ったことないし、楽しみだな！」

「うふふ！　ユータ様、初めてのダンジョン‼　そう、初めての思い出の1ページ。そこに私めも入ることができる……こんな機会を逃す手はありません！」

サッと頬が熱くなるのを感じる。興奮に声もなく見回せば、みんな一様ににっこりと頷いた。

「――ほ、ほんと？　本当にみんなで行けるの⁉　わぁ……わああ！」

嬉しくてどうにかなってしまいそう‼　弾む体に伴って、椅子がガタガタ激しく踊った。

「ユータ様、はしゃぐ気持ちは分かりますが、油断してはいけませんよ？　お出かけではなくダンジョンに向かうのです、命のやり取りがある場所です」

そっと椅子を押さえた執事さんが、静かにオレを見つめた。

「あ……。そっか、そうだね！　楽しみに行くところじゃないもんね」

促されるままに椅子に座り直して、ちょっと深呼吸した。怪我《けが》する人も、最悪亡くなる人もいるもの。浮《うわ》ついた気分でいちゃダメだね。

じっとオレを見つめた執事さんは、フッと表情を緩めて頭をひと撫でしてくれた。

「そうか？　俺はいつも楽しみにしてたけどな！　ダンジョン楽しいぞ！　いろんな仕掛けがあってな、見たことのない魔物も出てくるし、すげー面白いダンジョンもあるんだぞ！　長期はいらねえけど、短期は楽しいイベントだ！」

オレの瞳が再び輝き出し、豪快に笑ったカロルス様には、執事さんたちの冷たい視線が突き刺さった。

「まあ～～かわ……カッコイイわよ！　ユータちゃん！　素敵!!」

「なんてお可愛《かわ》……りりしく素敵な出《い》で立ちでしょう!!　これは10人中100人が振り返ること間違いなしです!!」

もういいよ……気を使わないで『かわいい』でいいよ。ワガママ幼児ボディでどう頑張ったって格好よくは見えないって分かるよ……あとマリーさん、増えてる。それじゃホラーだよ。

「ぶっふ！　ミニチュア冒険者だ！　おもちゃみたい！　に、似合って……ぶっは！」

「わははは！　ちまっこさが際立つな！　わははははは!!」

遠慮なく笑われて、オレのほっぺはフグのようにパンパンになった。やっぱり多少は気を使ってくれてもいいと思う!!

ダンジョンに行くなら装備はきちんとした方がいいって、なんとロクサレン家からオレ用の新しい装備をプレゼントしてもらったんだ！　大喜びだったけど、小さな革鎧《かわよろい》を付けたその姿は、どうも笑いを誘うようで……立派な冒険者のつもりのオレは大層不満だ。格好よくは無理でも、いっぱしの冒険者には見えるでしょう？

「いや、悪い！　似合ってるぞ！　そんなサイズの防具もあるもんだな。怒るな怒るな！」

ひとしきり笑ったカロルス様が、むくれるオレをひょいっと肩へ乗せた。久々の高い視界に、つい怒りがしぼんでしまうのを悔しく思った。弾んでしまう心が腹立たしい。

カロルス様の肩で揺られながら進むと、連なる丘の合間にぽつんと小さな小屋があった。

「あれはなに？」

「おう、あれが受付だな。ここはきちんと管理されてるからな、登録してから行くんだ」

ダンジョンに入るのって登録がいるんだ！　登山届けみたいなものかな？　なんだかちょっぴりイメージと違うかも。オレたちは離れたところに馬車を置いてきたけど、ここまで直接来る人たちもいるみたい。数名の冒険者と、馬車がいくつか停められていた。小屋の前では鎧姿の人が冒険者カードを確認、その間に冒険者が台帳に記入していくらしい。字の苦手な人もいるから、ごく簡単な登録みたいだね。

「はい、カードの確認を――すみません、その子は？　貴族様でいらっしゃいますか？　ここはダンジョンですので、お子様はご遠慮いただいた方が……」

オレを一目見て、次いでエリーシャ様を見て、受付の人が言い淀んだ。

「いや、こいつは冒険者だぞ。ユータ、カードを出せ」

「はい！」

「こんなに小さいのに!?　しかし、中は危険ですし……」

「分かっているわ。だからこんなに冒険者を連れているのよ」

どうやらカロルス様と執事さん、マリーさんが護衛の冒険者って設定みたいだ。約1名メイドさんがいるけれど。カロルス様はやっぱり貴族には見られないんだね。スッと3人が差し出した冒険者カードを受け取ると、受付の人がピシリと固まった。

「――っ⁉」

「記入は済みました。もう行ってよろしいですね？　カードをお返しいただけますか？」

可哀想《かわいそう》なぐらい狼狽えた受付さんの視線が、カードと3人の間を高速で行き来している。

「どうした、もういいだろ？」

「へあっ⁉　はははいっ‼　も、申し訳ございませんっ‼　ありがとうございますっ‼」

直立不動で敬礼した受付さんが、キラキラした眼差しでカロルス様を見つめた。そっか、Aランクだもんね！　やっぱりすごいんだ！　なんだかオレまで誇らしい気分で、繋いだ手をぎゅっと握った。

「うわあ……ここに入るの？」

「おう、絶対に先に行くなよ？　グレイ、マリー！」

「承知してますよ」

「ええ」

2人がスッと前へ出て、なんの躊躇《ためら》いもなく歩き出した。目の前には、ぽっかりと口を開けた洞窟《どうくつ》――中の様子は何ひとつ分からない。先行した2人の姿が吸い込まれるように中に消えた。続いて鼻歌でも歌いそうな様子でカロルス様。ここ……正直、怖い。入りたくない。

「ユータ、一緒に行こう」

「うん……」

すぐ前を行く大きな背中を見つめ、オレはセデス兄さんと並んで足を踏み出した。

元冒険者3人が前、オレとセデス兄さんが続き、エリーシャ様が最後尾。ダンジョンの中は、こんな風に隊列を組んで進むんだな。

少しでも助けになるよう、執事さんと一緒にライトの魔法を唱えて、光球を浮かべた。徐々に広くなっていく洞窟は、しだいに広がり、大型トラックが横に並べるほどの広さになった。

「このダンジョンって狭いね～戦いにくそうだね」

「そうなの？　もっと広いところもあるの？」

「僕が訓練で行ったダンジョンは、めちゃくちゃだったよ。意味が分からない広さがあってね、洞窟に入ったのに外みたいな場所に出たり、階層ごとに気温が全然違ったり」

「すごい！　じゃあ、ここは普通のダンジョン？」

「ダンジョンってのはそれぞれ違うもんだけどな、ここが珍しいってこともねえだろうよ。だから、今回でちっとでも慣れておくといいぞ」

気楽な調子で歩くカロルス様は、振り返ってニッと笑った。わしわしと撫でる力強い手の温もりは、いつの間にかこわばっていたオレの体を解きほぐし、思わずホッと息を吐いた。

「ユータちゃん、索敵できるんでしょう？　今どうなってるかしら？」

「えっと……あれ？」

エリーシャ様に言われて意識を集中すると、レーダーの雰囲気がいつもと違う。

「ふふ、索敵できる範囲が狭いでしょう？　だからダンジョンは難しいのよ。あまり索敵に頼り切ってはダメよ？　感知できないこともあるみたいだから」

ホントだ！　レーダーの範囲がめちゃくちゃ狭い。きっと壁の向こうにも入り組んだ通路があるはずなのに、オレたちがいる通路のわずかばかりしか効果が及ばないみたいだ。それに、なんだか壁なんかにもレーダーが強く反応していて、すごく分かりづらい。

――ダンジョンは魔物かもしれないの。ここは大きな魔物のお腹の中みたいなものなの。

ラピスが油断なくオレの肩で警戒《けいかい》しながら、そんなことを話してくれる。大きな魔物のお腹の中……そんな風に考えると、周囲が急に不気味に感じた。

「あっ……」

「おう、分かったか？」

前方から、魔物！　オレ、ダンジョンって最初は弱い魔物が出てくるんだと思ってた。それこそ棒切れでも倒せるような。でもなんだか、スライムやホーンマウスよりは強そうな気配だ。

「セデス、ユータ、お手並み拝見だ」

「えっ……？」

てっきりオレは戦わないものだと思っていた。だけど、今回はむしろオレとセデス兄さんの訓練を兼ねているらしい。実戦的な——というより、これは実戦だよね。

「よーし、ユータ行こうか！」

「う、うん！」

気負いなくふわっと笑ったセデス兄さんに、オレもこくりと頷いて一歩踏み出した。

カシャシャシャ、カシャッ……カシャシャ……

妙な足音が徐々に近づいてくる。なんだろう？　曲がりくねった通路が見通しを阻んで姿は見えない。レーダーが捉えたのは3体。分かりにくいけど、多分、虫っぽい？

「!!」

てっきり地面を歩いてくると思って通路の奥を見つめていたら、天井に近い位置に蠢《うごめ》くものを見つけてギョッとした。それは大型トラックのタイヤほどの大きさがある。

「お、ユータもう見つけた？　僕はまだ見えないなあ」

「あ……ライト、増やす？」

「ううん、大丈夫。普通の冒険者はこんな環境で戦闘するんだもんね」

相変わらずのほほんとしたセデス兄さんだけど、怯えのカケラもないその姿が心強い。

「なんかね、上の方を歩いてくる……！　でっかい、蜘蛛《くも》みたいな虫！」

「んーロックスパイダーかな？　硬いから気を付けるんだよ？」

「うん……！」

『俺様の刃がロックスパイダーごときに怯《ひる》むかよぉ！』

チュー助がやたらと勇ましい。やっぱり武器だから戦闘が好きなんだろうか？　それとも味方がたくさんいて、絶対安全だと思うからだろうか。

「ムゥー!!」

執事さんのポッケからのぞいたムゥちゃんが、少し心配そうに声援を送ってくれている。クールで渋い執事さんなのに、ポッケにお野菜を突っ込んだみたいで色々と台なしだ。

「あ、いたね。僕も見つけた！　ロックスパイダー……で合ってるかな？　まあ、切ってみれば分かるよねっ！」

敵を視界に入れるが早いか、セデス兄さんがスッと滑るように前へ出た。判断が……早い！オレも続いて飛び出し、天井近くにいる1匹に照準を合わせる。タン、トンと軽いステップで壁を蹴ると、空中へ身を躍らせた。上昇から落下へ転じる一瞬の制止時間、間近に迫った大小たくさんの赤い目と、一対の黒い瞳が見つめ合った。

『主ぃ！　関節なんてせこいこと言わず――ぶった切れっ!!』

「わかったぁっ！」

頼むよっ、チュー助！　ふわ、と髪が持ち上がって落下を伝える直前、蜘蛛とすれ違いざまに両の短剣を抜き放った。確かな手応えと共に、ギチギチと関節を鳴らすような音を立てて蜘蛛が地面へ落ちていく。すかさず天井を蹴って、追いすがるように蜘蛛の首に刃を添えた。

――ごろり。着地と同時に、蜘蛛の首が胴から離れて転がった。息を吐いてセデス兄さんを見やると、既に2体倒して手を振っていた。

「ユータ、やるね！　ごめーん、これロックじゃなかったね、アイアンだったよ！」

「そうなの？　何がちがうの？」

「硬さだよ！　ロックも硬いけどアイアンはもっと硬いからね、剣で倒すのは大変なんだよ」

「そっか～。剣で倒せてよかったね！」

「お前ら呑気《のんき》なこと言いやがって。あのな、普通の冒険者だったら、ロックかアイアンかで生死を分けることだってあるんだぞ、もっと慎重になれ！」

「あ、あなたから慎重になんて言葉が!?　成長……したのね!?」

今夜はお赤飯よぉ！　なんて言わんばかりに喜ばれたカロルス様が、とっても不満そうだ。

「そうなの？　でも、どこで見分けるの？」

「それはまあ、あれだ。グレイみたいなのに聞けばいいんだ」

執事さんがすごくガッカリした顔をしている……。

「えーっと、脚の色が違うんだっけ？　確かに黒っぽいね！」

「さすがはセデス様です！　その通りですよ！　ただ、この暗い中でそれを見極めるのが困難なのです。どちらも簡単に潰れるので、正直どっちでもいいのですけども」

にっこり微笑むマリーさんの、優しげな笑顔と言葉のギャップがひどい。

そつなくこなした戦闘で、どうやら合格をもらえたらしい。２人で先頭を歩く栄誉《えいよ》を手に入れることができた。そこからいくらも歩かないうちに、今度は１匹、蜘蛛がカシャカシャと脚音を響かせながら近づいてきた。

「えーと、これもアイアン！」

「すごいわユータちゃん！」

「さすがです！　正解ですよ」

オレは明かりがなくても見えるので、見分けはさほど難しくない。ないけど、アイアンも普通に斬《き》れたから、見分ける必要もあまりない。

「ユータ、あれは食わないのか？」

短剣を構えたオレに、カロルス様のからかう声がかかった。え、食う？　これ、食べられるの？　思わず攻撃を止めてじっと見つめてしまった。どう見ても蜘蛛だ。たくさん目があって脚がいっぱいあって……食べたいと思うものじゃない。でも、でもだよ？　カニだってエビだって似たようなものだと言われたら……。もしかしたら――そう、美味しいのかも。

「……ゆ、ユータ？　なんで止まってる？　冗談だからな⁇　食うなよ？　考えるなよ⁉」

「でも、意外とおいしいかも……」

「ぎゃー！　ユータ、ダメダメ、考えないで！　あれはダメ！　食べちゃいけません！」

「でも、ちょっと茹《ゆ》でてお醤油《しょうゆ》をかけたら、もしかして……」

昔の人だってそうやってチャレンジしてきたんだから、と逡巡《しゅんじゅん》する。食うべきか、食わざるべきか……。

ドゴシャア！

「……あ」

「ここに食べ物はありませんでしたよ。魔物がいたので潰しておきました」

マリーさんがにこっと微笑んで振り返った。さっきまでそこにいた蜘蛛は、見事な壁画になっている。ああ、あんなにぺちゃんこにしちゃったら食べられ……。

「食べ物は、ありませんでした……ね？」

にこぉ……。可憐《かれん》な笑顔から押し寄せる圧倒的な圧力に、オレはだらだらと汗を垂らして頷くしかなかった。

アイアンとロックスパイダーを数匹ずつ相手しながら進んでいると、今までと違う気配があった。向かう先の通路で動かないそれに、用心しいしい近づいていく。

「うわ……。そうだ、ねえユータ、僕、魔法も見たいな！」

「うん！　いいよ、見ていてね！」

「加減を忘れずに！　滅多なことで崩れるところではありませんが、ここは地下ですから！」

慌てて注意する執事さんに頷いた。大丈夫、そんな派手な魔法を使ったりしないよ、まだ基本しか習ってないしね。

通路を塞《ふさ》ぐようにぬうっと現れたのは、のっそりぬめぬめした……巨大ミミズ？　オレの胴より太い。ふむ、これは食べられ——？　ちらっとマリーさんを窺うと、笑顔できっぱりと首を振られた。これもダメらしい。丸々しているし、食べられそうだと思うけど。

——ユータ、気をつけるの！

くい、と首を引いたミミズが、オレの方へぐんと体を伸ばした。無害そうなフォルムの頭がガバリと横に裂け、途端に凶悪なフォルムとなって大きな口を広げた。噛みつき？　でもここまでは届かない……だけど。どうも感じる嫌な予感に従って、サッと横へ飛びすさった。

その瞬間、口腔《こうくう》から何やら異臭のする液体が勢いよく噴出し、オレのいた場所を直撃する。

みるみる固体になっていく異臭液は、相手の自由を奪うものらしい。

「あー、やっぱりワームじゃなくてニアワームだったね。だから魔法がいいなって思ったんだ～」

そういうことは早く言って欲しい！　ニアワームっていうのは、この硬化液を持っているから厄介なんだって。異臭はなかなか落ちないし、そもそも硬化液が付着した服は捨てるしかない。ミートソースみたいに厄介な、お洗濯の敵だね！

「食べられないなら……サンダー!!」

どうせ食べられないなら確実に。強めの雷撃《らいげき》を受け、一瞬硬直したミミズは、痙攣《けいれん》と共に地に伏した。

「きゃー！　ユータちゃーん！　素敵よ～！」

どうやら今日のエリーシャ様は、見学に徹するらしい。それはいいけど……オレとセデス兄さんの名前入りうちわはやめて欲しかった。

3章　信頼するということ

「ふむ……大丈夫そうだな。じゃ、次行ってみるか？」

ちょこちょこ出てくる魔物を倒していると、ダンジョンにも少し慣れてきた。レーダーの範囲は狭いけれど、それでも敵が来る前には分かる。それに壁があるから全方位の接近を気にしなくてもいいのは、ある意味楽だ。

「この程度なら楽勝だね？　ユータも大丈夫だね、次行こう！」

「うーん、今は大丈夫。次って？」

「下層に下りるぞ。お前らはまた真ん中からだ」

「下層……？　こんな洞窟に階段があるの？」

「階段の時もあるよ。でもここは自然洞窟だから、奥へ行ける場所があるはず」

――ダンジョンは、だんだん成長して本体を奥へ隠していくの。普通は、深く深く根っこみたいに地下へ伸びていくの。

うわあ……本当に生き物っぽいんだ。貝みたいだな。ってことは、オレや魔物ってダンジョンのごはんなの？　今これって食べられちゃっている状態？

『主ぃ！　ダンジョンはそんな活発な生き物じゃないって！　ダンジョン内の魔力を集めてるだけだぞ！　だから魔物を集めるし、生み出すんだって！　全体に魔力を行き渡らせるために繋がってるから、冒険者はその繋がりを辿って階層を行き来できるんだぜ！』

チュー助がここぞとばかりに胸を張った。さすが一流の冒険者と一緒にいただけあって、案外物知りだ。繋がりって、ダンジョン内の大動脈みたいなものかな？　だとすると、辿った先は……心臓になるんだろうか。

「ほら、ここだ」

「わあ、ほんとだ！」

行き止まりになった場所は、こんこんと光が湧《わ》き出るように淡く発光していた。まるで光る水たまりみたい。きれいだけど、ダンジョンの大動脈……やっぱりちょっと足がすくむ。

「怖いかい？　一緒に行こうか」

きゅっとセデス兄さんの手を握って身を寄せると、優しく頭を撫でてくれた。

「先行するぞ、ついてこいよ！」

「ユータ様、怖くないですよ～！　先に行って怖いものがないか確認しますからね！」

カロルス様とマリーさんが手を振って光の中へ進むと、すうっと吸い込まれるように姿が消えた。幻想的なその光景は、見ている分にはちょっと楽しそうかもしれない。

「ユータちゃん、大丈夫よ！　一瞬だから」

「転移前後は無防備になりがちです、油断はされませんよう」

2人が見守る中、オレたちも光の中へ一歩踏み出した。知らず力の入った手が、包み込むようにがっしりと握り返される。カロルス様より小さい、だけどオレよりずっと大きな手だ。

「わ……」

ほんの一瞬、底が抜けるような感覚のあと、何事もなく固い地面に立っていた。

「ね？　大丈夫だったでしょ？　ちゃんと自分で行けて、偉かったわね！」

続いて転移してきたエリーシャ様が、きゅっとオレを抱きしめてくれた。なんでもないことで褒められて、オレはちょっぴり照れくさく笑った。

「あれ？　さっきとちょっと違う？」

「お、よく分かったな！　階層が変わると雰囲気が違うことが多いぞ！　全然変わらないところもあるけどな！」

なんだか、周囲の岩の雰囲気が変わったように思うし……なんだろう、壁面や地面に、変わった魔力反応のある場所がある。

「ねえ、カロルス様、それなあに？」

魔力反応のある場所を指して問いかけると、執事さんがにこりとした。

「ユータ様、さすがは妖精を見るほどの『目』ですね。素晴らしい資質をお持ちです」

「へえ、なるほど。ユータ、罠《わな》が分かるの？」

「罠？　罠があるの？」

「そうです、慣れた斥候《せっこう》なら魔力を持っていなくても分かるそうですが、私はあいにくでして」

執事さんが何か詠唱《えいしょう》すると、魔力反応があった場所が微《かす》かに光を帯びた。すごい！　罠を見つける魔法ってあるんだ！

「これ久々だな！　スモークがいたら斥候やってくれんだけどな、あいつが入るまではグレイのこれが斥候代わりだったからな」

「便利だね～！　こんな魔法を持たず、斥候もいないパーティは、慎重に進むしかないんだよ」

そうなんだ！　じゃあ、罠が自然に見えるのはとってもお得なんだね！

「セデス様、罠にかかっても回避できればいいのです。お教えしたでしょう？」

「や、教わったけど……」

セデス兄さんの微妙な表情を見るに、それはどうやら一般向けではないらしい。

「ふむ、ユータ様に罠を見せて差し上げては？　実際に目にしないと、恐ろしさも分からないでしょう」

「おう、そうだな。マリー、頼めるか？」

「‼　承知しました。ユータ様、見ていて下さい！　罠があってもこうするといいのです！」

マリーさんは語尾にハートが飛びそうなくらいウキウキしながら歩き出した。

「マリーったら、ユータちゃんの前だからって張り切っちゃって～。うふふ！」

「ここってそういうところだっけ？　ダンジョンの罠ってさ、結構致命的なんだけど……」

そうなの⁉　大丈夫だろうか。だけどどうしたことだろう、あんまり心配にはならない。

「せいっ！」

マリーさんはスタスタ歩いていくと、淡く光る床を思いっ切り踏んだ。その瞬間、ぼこっと地面が消え、マリーさんを中心にガパリときれいな穴が空いた。お、落とし穴⁉

「うわあっ⁉　マリーさん！」

タッ！　トン……。

……マリーさん？　オレは思わず伸ばした手をそのままに、目をしばたたかせた。何を蹴って飛び上がったの？　マリーさんはまるで空中を蹴るようにごく自然に戻ってくると、「次！」と宣言して、そのまま他の罠を踏んだ。

――ぐわっと落ちてくる岩を蹴り飛ばし、ギュンッと突き出すトゲを薙ぎ倒し、シュッと飛び出す矢なんか、もはや虫を払うように払いのけている。

「……す、すごいね」

「これを見せられて『さあどうぞ！　セデス様も、これこのように！』って言われてもね……」

可哀想なセデス兄さん……過去の幻影《げんえい》を見るその遠い目が切ない。罠の多さもさることながら、全ての罠を無効化していくマリーさんは、まるで戦車みたいだ。

「――ユータ、普通はこうはいかないからね!?　罠って怖いんだよ。普通に歩いていて、あんなに引っかかることもないけどさ」

確かに、床も壁も全部の罠にかかりに行ったもんね。ただ罠が多い場所は限られるらしく、こうしてたまに密集している。その代わり、罠が多いところは魔物が少ないそうだ。

「ダンジョンって、罠を作ったりするんだね！」

「違うぞ、罠を作るのは魔物だ。だからそいつが増えるとダンジョンは罠だらけになるな！」

そうなの!?　体長30センチくらいのトラッパーっていう魔物がそれらしい。はた迷惑な。

「もういいぞ、他の冒険者がいると困る」

「うふふっ、ユータ様～！　どうでした？」

「マリーさんって本当にすごいね！　ほんとにほんとにすごかった!!」

筆舌《ひつぜつ》に尽くしがたいとはこのことだろうか。ステップを踏んで戻ってきたマリーさんをぎゅうっと抱きしめる。その体はやっぱり華奢で――一体どうなってるんだろう。Aランクはみんなこんなことができるんだろうか。

「カロルス様もできるでしょうけれど、Ａランクといえど私は無理ですよ。身体能力が違いますからねぇ。ただの魔法使いには荷が重いです」

「てめーだって、ぶち切れて周辺の罠全部ぶっ飛ばしたこと……すみません」

一瞬ひやっと冷たい空気が漂った気がした。


どうやらダンジョンの中は、狭ければ狭いほど小さなオレに有利なようだ。狭い通路に現れた大きな魔物なんか、格好の的になる。

「たあっ！」

立ち上がった熊みたいな魔物の爪を躱して太い腕を駆け上がり、壁と天井を蹴って大きな頭を越えた。逆さまのまま延髄《えんずい》への一閃《いっせん》。首を切り落とすには足りないけれど、命を奪うには十分だ。

「きゃ～！　ユータちゃんカッコいいわ～！　セデスちゃんも素敵よお～!!」

「美しいですっ！　お２人とも見事な戦闘ですっ！」

ダンジョンにあるまじき声援に、セデス兄さんがげんなりと肩を落として赤面していた。

「――ユータ様、魔法は使われないのですか？」

ぎくっ……。オレはバレちゃったと頭を掻いた。だって、咄嗟《とっさ》に魔法を使うって案外難しいんだ。剣の方が手っ取り早くて、迷いがないから、つい剣がメインになってしまう。だって魔法だと、何使おうかなってまず考えるから。

「ふふ、それは羨《うらや》ましい。普通はそんなに選択肢がありませんからね」

正直に話したら、執事さんはそう言って笑った。

「ユータ様も、得意魔法を作られるといいですよ。私なら……」

ドシュッ！

「これですね。咄嗟に使うものを決めておくと対応しやすいですよ」

まさに通路の角から現れんとした魔物は、瞬時に倒れ伏した。早っ⁉　当然ながら無詠唱だ。多分、使ったのはアイスアローかな？　無数の氷の矢が、魔物を貫いていた。

なるほど、こうして咄嗟に使うもの……オレは何がいいんだろう。

「ユータ様が得意なものはありますか？」

「うーん。土魔法は得意だけど、ちょっと違う気がして」

土魔法で得意なのはもの作り方面だもの、咄嗟にお茶碗を作っても仕方ない。あとは生命魔法も攻撃に向いてないし……おや？　考えてみると、オレって得意な攻撃魔法がないかも。

「あまり魔法を使った戦闘をされていないでしょう？　ご自分の傾向も分かりませんし、次から意識して魔法を使ってはいかがです？」

「そっか……うん、ありがとう！」

にこっとしたオレに、執事さんもそっと微笑んでくれた。

「あんな、好々爺《こうこうや》みたいな顔しながらこれだもんね……」

前方には、氷の矢に射貫かれた魔物がごろごろしていた。会話の傍ら、執事さんは何気なく瞬殺していたらしい。あの穏やかな微笑みの陰で⁉

「涼しい顔しやがって、こえーヤ……」

執事さんの微笑みが冷えた気がして、こそこそ話す2人はささっと顔を逸らした。

積極的に魔法を使うために、執事さんと2人で先頭を歩くことになった。遠距離で迎撃できるので、魔物は発見と同時に瞬殺状態だ。カロルス様は楽だと言いつつ退屈そうだ。

「魔法使いは後衛って言うけど、こんな風に前衛なら楽に進めるんじゃないの？」

「ユータ様、普通の魔法使いは詠唱が必要ですし、力や体力もありません。遠くで瞬殺できればいいですが、仕留め切れなければ一気に形勢不利になってしまいます。詠唱中の魔法使いなんてただの一般人ですからね」

「そうなの？　魔法使いももっと鍛えたらいいのにね」

「そうです。少なくとも邪魔にならない程度に動けなければ、上のランクでは戦えないのですけどね……そういった訓練を嫌う者が多くて困ります」

ああ、だから魔法使いがいるパーティって少ないのかな？　実力のないパーティに実力のない魔法使いだと、まず魔法使いがやられちゃう。

現在お試しも兼ねて火、水、風、土、雷、氷――色々な魔法で迎撃しているけれど、これといって使いやすいと言える魔法はない。ただし、使いにくいものもないけれど。そもそもオレが習ったのはどれも初級の魔法だもの、どれも同じじゃないかな。

「しかし本当に全て同じように扱えるのですね。初級魔法で仕留め切れるとは、素晴らしいですよ。あとはスタイルと好みの問題ですから、ゆっくりやっていきましょう」

執事さんはそう言ってくれるけど、オレの適性が生命魔法なら、もしかしてあまり攻撃に向いていないのだろうか。そもそもオレは召喚士なんだから、むしろラピスたちのサポートに回る戦い方を身に付けないといけないのかもしれない。

上の階では虫ばっかりだったけど、この階では虫と動物っぽい魔物が両方出てくる。ちなみにカロルス様たちは魔物素材はいらないと言うので、ラキ用にもらっておくことにした。

「あ、他の人がいるよ」

「おや、では我らは後ろへ下がりましょうか」

ダンジョンに入って3階層目に下りようかというところで、レーダーが初めて人の存在を捉えた。もっと冒険者がいると思っていたけど、あんまり会わないんだね。

「そうね、人が少ないダンジョンを選んだしね。その方がゆっくりできるでしょう?」

「何よりこんなメンバーだしね。他の人にあんまり見られたくないし……」

確かに。さっきのマリーさん特攻とか、見られたらマズイってオレでも思う。

「ユータ様、ダンジョン内に限らず他のパーティに遭遇した時は、ご挨拶と――威圧をしておくといいですよ。決して無条件に信用だけはしないで下さい」

「その通りです。おかわいらしいユータ様を狙う輩《やから》もおります、先手を打ってぶちのめしてもよろしいかと」

よろしくないよ!? マリーさん、出会い頭《がしら》にぶちのめすのはただの暴漢だよ! 執事さん、穏やかな顔して威圧なんてしてたの!? オレは2人の優しげな笑顔におののいた。

「ま、まあそこまでせんでいいが、気を付けるに越したことはないぞ。気のいい奴も多いが、冒険者を装った盗賊もいるし、下級の奴らはガラの悪いのがいるからな。特にダンジョンは悪事が見つかりにくいから気を付けろ」

「それとね、獲物の取り合いでトラブルが多いから、戦闘中はむやみに加勢したりせずに離れるんだよ。疑われて攻撃されたら困るからね」

悪い人はどこにでもいるもんね。オレたちは子どもパーティだから特に気を付けないと。

「あ、ちょっと待ってなきゃいけないね」

階層移動の場所近くまで行くと、5人の冒険者が戦闘しているところだった。戦ってるところを見たい！　じりじりと前へ出るオレに苦笑して、カロルス様が肩へ担ぎ上げてくれた。

「あらら……最下層まで行くには、ちょーっと荷が重いんじゃないかしら？」

「そうですね、あれでは無理だと思います」

背後から酷評《こくひょう》されているけれど、冒険者さんたちは一生懸命だ。相手は3体の魔物。オレたちがさっき戦った熊と同じように見えるけれど、冒険者さんが戦っている熊はとても強そうに思える。そう言うと、カロルス様はしーっと唇に手を当てた。

「ちげーよ、熊が強いんじゃなくて、あいつらが弱いんだよ。……お前よりもな」

ぐい、と俺の頭を近づけて囁かれた台詞《せりふ》に、きょとんとした。そうなの？　あんなに強そうな格好をしてるのに!?

「よお、待たせたな！　――っと、貴族様？　こんなところに!?　子どもとメイドまで連れて??」

少々時間はかかったけれど、無事に戦闘を終えた5人はどかりと通路脇に座り込んだ。休憩かな？　気さくに声をかけてから、セデス兄さんとエリーシャ様を見て驚いたようだ。

「おう、お疲れ！　気にすんな、問題ないからよ！」

「しかし、戦えるのは2人だろう？　あんたは強そうだけど、3階層で全員を守れるのか？

おい、ちょっと待てよ、子どもが危ねえ。同行しようか？」

「問題ねえよ！　じゃ、な！」

カロルス様が軽く手を振ったので、オレもにこっと笑ってバイバイした。オレのことを心配してくれたんだね、いい人たちだ。

「ユータは君たちより強いよ？　って言っちゃう？」

セデス兄さんが悪戯《いたずら》っぽく言うので、慌てて、しぃっ！　と人差し指を唇に当てた。

「さ、行きましょう。追いかけてきそうだもの。ユータちゃん、次は私とお手々繋いでね」

「エリーシャ様、ここは何階層まであるの？」

「ここは10階層までよ。でも、そこまで今日中に行くのは無理じゃないかしら？　5階層辺りまで行けばダンジョンにも慣れるでしょうし、その辺りを目指しましょうね」

ちょっぴり残念だけど、初ダンジョン踏破《とうは》は、『希望の光』で行ける時まで取っておこう。

「わ、寒っ！」

再び光る床を通って、3階層へ。足下がしっかりすると同時に、ぶるっと体が震えた。洞窟の中はずっとひんやりしていたけど、3階層になるとさらに気温が下がったようだ。お外は暑かったのに、吐く息が白くなる寒さだ。所々キラキラしているのは氷だろうか。事前に渡されていた防寒着を収納から出すと、各々着込んでから出発だ。

「3階層を抜けたら休憩するか！　ここは寒いからとっとと抜けようぜ」

どうやら寒いのはこの階層だけらしい。

「ここはね～寒いし魔物は群れるし、めんどくさいらしいよ」

群れだと短剣は辛いな。通路もさっきまでより狭くて、戦闘に向いているとは言い難い。魔法向きの階層かな。今回はオレとセデス兄さんが先頭、フォローに執事さんがついた。

「ゆ、ユータ？　当てないでね……？　あの威力で当てられたら……僕、死んじゃうよ？」

そんなこと言わないで！　怖くなっちゃう。3階層はやっぱりと言うべきか、早々に群れの魔物に出くわしてしまった。今回は前衛後衛に分かれた訓練も兼ねているので、セデス兄さんが突っ込み、オレが魔法で援護する方針だ。セデス兄さんの動きは速いし、当たるかもと思ったら攻撃するのが怖い……後衛って意外と難しい。

「セデス兄さん！　いくよっ」

「お、おっけー！」

そこまで避けなくても……。セデス兄さんは瞬時に敵を放り出して壁に貼り付いた。

「ウォーター！　特盛りで！」

でもせっかく避けてくれたなら増し増しで。いわば、通路いっぱいサイズの水鉄砲だ。

「ひぃぃぃ……！」

当たってない！　当たってないよ‼　そんな悲鳴上げないでよ！　相手は猿っぽい魔物が7匹ほど、さらに仲間を呼ぼうと鳴き声を上げ始めたので、早々に倒す必要があったんだ。

「だからってこれ、やりすぎじゃない？　通路の先に誰かいたりしないよね？　……っていうかさ！　これ僕が先に立って魔物の相手する必要ってある⁉」

大丈夫、ウォーターの範囲内くらいレーダーで確認できるから！

「ユータ、寒いぞ！　次は火にしてくれると温かくていいんじゃねえか？」

「だって……セデス兄さんに当たったら嫌だし……」

「嫌で済まさないで！　絶対当てないでよ⁉　火はダメ！　雷もやめて！」

確かに、通路に残った水滴で、洞窟内がさらに冷えるような気がする。セデス兄さんがダメって言うので火は使えないけど、せめて寒くない魔法にしよう。

「うげげげ‼　ユータ！　ちょっとこれパス！　任せるっ！」

先を歩いていたセデス兄さんが、ダッシュで駆け戻ってきた。そのあとから追いかけてくるのは、またもや群れの魔物――それも、猫もびっくりサイズのネズミ型魔物が、ぞぞぞーっと何十匹も群れを成して迫ってきた！

「えっ？　えええええ⁉　待って待ってよ！　ちょっとタイム‼」

魔物自体は小さいとはいえ、生きた絨毯《じゅうたん》のように蠢き迫るさまは、さすがに怖かった。とにかくこっちに来ないで！　と、咄嗟に大きな土壁を出現させて進行を止める。

「わはは！　お前ら運がないな！　一番厄介なヤツに思い切りぶち当たってやがる」

「そんなに遭遇率高くないのにねぇ。どうしましょう、セデスちゃんもユータちゃんもよくトラブルに巻き込まれるし……ツイてない方なのかしら……」

カロルス様は後ろで大笑い、エリーシャ様はこの現状で全く関係ないことを心配している。

違うよ！　今、今この瞬間を心配して！

「うわー、ユータの壁で助かったけど、なんか突破してきそうな気がビシバシするよ。僕、あいう小さくてうぞうぞしたの無理だから!!　そもそも剣で戦うのに向かない相手だし、ユータ頼むね！　僕後ろに下がってるから、遠慮なくドーンといっちゃって！」

さあ見学見学、なんて調子でセデス兄さんまでオレの後ろへ回ってしまった。オ、オレだってあれは気持ち悪いよ！

――ラピスが吹っ飛ばすの？　せんめつしてあげるの！

う……ううん！　ありがと、オレが頑張るよ。洞窟が崩れそうな気がするから……。

覚悟を決めて向き直ったものの、この土壁を崩せば、一気になだれ込んでくるだろうし、そうなったら危険すぎる。ここはレーダーで位置を確認しつつ――。

「んーーこの辺……スタンプ!!」

壁の向こう側から、ズンと腹に響く振動と、重い音が伝わった。よし、もう大丈夫！　一息吐いて目の前の土壁を崩すと、そこには荒れた地面があるばかり。

「……あれ？　ユータ、何したの？」

「あのね、さっき見せてもらった罠みたいにしたんだよ。土魔法で上からドーンって」

罠の中には、天井が一部落ちてくるようなものもあった。それを真似して、土魔法とレーダーの合わせ技だ。きっちり群れの真上から、平らな岩盤で一気に殲滅完了。

「ユータ様、素晴らしいです！　あの魔物は小さくて弱いのですが、群れが大変厄介なのです。魔法使いがいないパーティでは、逃げるしかないと言われていますよ」

確かに、広範囲に一気に攻撃する手段がないと、たちまちまとわりつかれてしまいそうだ。それでもマリーさんを傷つけられるとは思わないけれど……。

「よし、ここを抜けたら次の階層はすぐだ」

通路を抜けると、目隠しを取るように視界が広がった。オレは思わずぽかんと口を開けてその光景に目を奪われた。すごい……無意識にそう零《こぼ》した。

「本当、すごいね。すごいけど、ここを通るんだ……」

セデス兄さんがげんなりとしている。それもそのはず、狭い通路を抜けた先には、一面に巨大な地底湖が広がっていた。無風の地底で波紋《はもん》ひとつない水面は、ほの暗いガラスのようだ。

耳が痛いほど静かな巨大空間は、この世のものではないように、とても美しくて——とても怖い。

「これ……どうやって進むの？」

「そこに道があるだろ？」

カロルス様が示す先にあったのは、なんとも簡素な飛び石。ここを訪れる冒険者たちが、少しずつ形成していったのであろう飛び石群が、湖を渡るか細い道となって対岸へ続いていた。暗いけれど、ヒカリゴケのおかげで、オレ以外の人も視界を確保できるのが救いだ。

「ここを、渡る……の？　魔物って——ここにもいるよね？」

そっと覗き込んだ地底湖は、あまりにも澄んではるかな深みまで見通せながら、かつ底を知ることのできない暗い深淵《しんえん》だった。

「っと……気ぃ付けろ。落ちたらマズイ」

あまりの深さにゾッとした瞬間、平衡感覚を失ってくらりと体が傾いだ。強い手に、むんずと首根っこを掴まれて、ホッと安堵する。

「ここは、静かの海。深いでしょう？　こういうところには強力な魔物がいることが多いのです。ですから、皆息を潜め、目立たぬよう通り抜けるのです。極力戦闘もしません、魔法も使いません。それに、この水は氷のように冷たいので、落ちたら戦闘どころではないですよ」

「実はここが一番の難所なの。気配を消す実力と共に、魔物に襲われない運も必要よ」

この湖に落っこちるなんて絶対嫌だ……神秘的で畏怖《いふ》を感じるけれど、あまりに不気味だ。

オレはカロルス様の足に、ぎゅうっとしがみついた。


「――ユータ、いいなあ」

「だってオレ、召喚士だもん！」

オレは素知らぬ顔でうそぶいた。そう、召喚士だもん……召喚獣の力も実力のうちって言ってたよ。怖さに負けたんじゃないよ、これも実力のうち！

『ふふ、静かに速く渡るんでしょう？　ぼくに任せて！』

白銀のフェンリルは、ヒョイヒョイと波紋ひとつ立てずに飛び石を渡っていく。ほのかに発光する毛並みが、洞窟の中で美しく煌めいていた。

「待て待て、先走るなよ？」

負けずにヒョイヒョイと渡ってくるのは、元Aランクと、それ相応のメンバー。

「セデスちゃん、お手々を繋ぎましょう？」

「セデス様、私が抱えましょうか？」

「どっちもお断りしようかな!!」

最後尾になったセデス兄さんが、なんだか泣きそうな顔をしている。

ちゃぽん……。微かな音と共に、何かが視界の端で動いた気がした。

『ゆーた、どうしたの？』

「ううん、何かいたような気がして」

『魔物？　ぼく、お水の中だと匂いが分からないなぁ。レーダーは？』

「うーん、このお水、レーダーが使いにくいみたいで……」

ちゃぽん……。

「!!　やっぱり何かいる！」

さっきより近くで聞こえた水音に、思わずシロにしがみついた。

「ユータ、構うな！　走り抜けろ。水中で物音を立てればますます寄ってくる！　血が流れればさらに来る！」

「う、うん！」

――パタタッ。スピードを上げようとした時、頬に氷のような水滴が滴《したた》った。

「!!　ユータ！」

なんだろうと見上げた顔に、うっすらと影がかかった。頭上に出現した巨大な口に、大きく心臓が跳ねる。ずらりと幾重にも並んだ牙が眼前に迫り、生臭《なまぐさ》い呼吸すら感じた気がした。

『大丈夫っ！』

『いけるわ！』

シロが体を捻《ひね》りながら飛び退《の》き、モモはシールドで一瞬だけシロの足場を作った。既にカロルス様の神速の剣で刻まれた魔物は、異様に口の大きな……魚、だろうか。

「あっ！　シロ！　お願い！」

『分かった！』

ハッとしたオレに、シロが心得たとモモのシールドを蹴った。水面へ落下しようとする魔物だったものに突進すると、オレはめいっぱい腕を伸ばした。

「よし、収納っ！」

無事魔物を回収して通路に戻ると、ほっと胸を撫で下ろした。よかった、上手くいった。ほんの血の数滴くらいしか水中には落とさなかったはずだ。

「おう、やるじゃねえか。いい判断だ！　召喚獣の連携も見事だな」

カロルス様が、ニヤリと笑って拳を突き出した。

「うん！」

オレは、まだ早鐘《はやがね》を打つ胸を抑え、満面の笑みで拳を掲げた。こつん、と触れた拳は、冗談のように大きくて、硬くて、オレの胸に誇らしさが込み上げた。

「はあ、怖かった……」

巨大な地底湖を渡り切り、オレは大きく息を吐き出してシロの上に突っ伏した。

「ユータはシロに乗ってただけじゃないか。僕、Aランクじゃないんですけど！　あのスピードについていくの、結構しんどいんですけど!?」

セデス兄さんは対岸に辿り着くなり、ゴールしたマラソンランナーみたいに崩れ落ちた。

「ですから、私がお抱えしましょうかと」

マリーさんの微笑みに、セデス兄さんがうっと詰まった。

「やっぱりツイてないのねぇ。このレベルで気配消してるのに襲われるなんて」

エリーシャ様の不吉な言葉に、オレたちは力なく項垂れた。

「でもさ、セデス兄さんもAランクぐらいじゃないの？」

「そんなわけないよ！　Bくらいじゃない？　Aランクは人じゃないから」

そうかな、セデス兄さんだってAじゃないのかな。カロルス様たちが本来Sくらいなだけで。

「お前も冒険者登録したらどうだ？　実力を測れるし、ランクが上だと舐《な》められずに済むだろう」

「逆よ、逆！　貴族にしてみれば、冒険者登録なんて平民のすることと思っているもの。登録しているだけで野蛮な人みたいに思う輩だっているんだから！」

「まあ、Aランクだとまた違うけどね。でも僕はわざわざ登録する必要もないかなって」

やっぱり冒険者っていうのはお手軽な職業だけに、地位は低く見られがちなんだね。貴族だと色々事情もありそうだ。

「セデス様、そろそろ動けそうですか？　ここに長居は無用ですよ」

この地底湖は、あまりに静かで、なんだか怖い。それに、地底湖の周辺は光量的には他の階層よりあるはずなのに、オレの目で見るとむしろ他より暗い印象だ。そのせいだろうか、どこか視線を感じるような気がして落ち着かない。

「ん？　シロどうしたの？」

興味深げに深淵を覗き込んでいたシロが、パッと顔を上げて耳をピンと立てた。

『誰か他の人が来たね。……でも、もっと静かに渡らないといけないんじゃないかな』

「そうなの？　さっきの冒険者の人たちかな？　オレには何も聞こえないよ？」

『ぼくの耳にはしっかり聞こえるよ。多分、お水の中のお魚にも聞こえるんじゃないかな』

「……さあ、ユータ様、急ぎましょう。他の冒険者に追いつかれますよ」

「えっ？　う、うん……」

執事さんに急かされて、オレたちは次の階層へ転移できる場所まで移動し始めた。

「すぐそこなのよ。ここを下りたらお食事にしましょうね」

「ああーやっと休憩できる。ダンジョンってやっぱり疲れる……気が休まらないもんね」

その時、シロがピクッと全身を緊張させた。気付いた執事さんが素早くシロに視線を走らせ、カロルス様たちと目配せしたようだった。

「……？　どうし――!?」

その時、オレの耳にも微かに聞こえた気がした。

「これ、悲鳴……？　もしかして!?」

さっきの人たちが襲われてる!?　それも、悲鳴を上げるような状況ってこと!?　慌てて駆け出そうとして、カロルス様たちに道を塞がれていることに気付いた。

「ユータ、行くな。あそこは危険だ」

「でも！　すぐそこで襲われてるよ!?」

「冒険者ですから、何があっても自己責任です。実力を見誤って来てしまった責任は、自分たちで取るのです」

それはそうかもしれない。だけど……だけど。助けられる命なら、助けたっていいんじゃないの!?　人の命って、そんなに軽くない。

「ユータ、気持ちは分かるけど、自分の実力をよく考えて。君が行けば、僕を含めてみんな行くことになる。この湖はね、強い者でも時々犠牲になることがあるんだ。……よく、考えて？」

自己責任、なんでしょう？　オレだって冒険者なのに、自分の命だけを賭《か》けたい……任せて欲しいよ。オレが子どもなばっかりに、この人たちの命も賭けなきゃいけない。この幼い体がもどかしい。

セデス兄さんは、何か言いたげな瞳でじっとオレを見つめた。グリーンの瞳は、オレに何かを伝えようとしている。よく、考える……オレの、実力――。

「――ラピス、部隊を呼んで！　ねえ、頼めるかな？　シロ、モモ、お願いしてもいい？」

「きゅっ!!」

『もちろん！』

『そう、それでいいのよ』

「あっ、おいっ!?」

ばっ！　とオレから飛び出した光が、一斉に後方へ向かう。オレは、オレだけの命を賭けたいと思ったけれど、それはオレ以外にとって、とても辛いことだ。オレの中に伝わるのは怒りにも悲しみにも似た感情と……そして、頼ってもらえたことへの、弾けんばかりの喜び。

「……みんなに、任せる！」

……ごめんね、オレに勇気がなかったばっかりに。オレはみんなを危険に晒《さら》したくない。でも、それはみんなのためじゃないよね。今、オレが自分の命を使って助けたいと願うのと同じだ。だったら、オレは信じて一歩踏み出そう。みんなを危険に晒す、勇気を持とう。

――ユータ、大丈夫。間に合ったの……多分。大きいお魚ばっかり、すぐに倒せるの。

すぐさま、彼らの元に到達したらしいラピスから念話《ねんわ》が届いた。……若干不安は残るけど、ひとまずラピスたちに危険はないようだ。

「セデス兄さん、ありがとう」

「なんだい？　僕は止めたはずだけど？」

ぎゅっと抱きついて見上げたオレを撫で、セデス兄さんはそ知らぬ顔で笑った。

「お前らなぁ……。一丁前の顔しやがって。守りたいっつーのは俺のワガママ、なのか？」

「それにしたって……ユータちゃんはまだ小さいわ」

「もう少し、幼い子どもでいてくれてもいいと思うのですが」

「いつまでもマリーが守って差し上げますのに……」

「いつも、守ってくれてありがとう。わがままして、ごめんなさい。でも、もしもオレがいなかったら、助けに行っていたでしょう？」

オレがいるから助からなかったなんて嫌だ。そう、これはオレのわがままだ。そして、これはきっと変えられないオレの芯《しん》なんだろう。せめて、手の届く範囲は助けたいって気持ち。

「ありがとう」


オレはただ、想いを込めてにっこりと微笑んだ。

「ユータを守りたいし、きれいなものだけ見せていたいよ。でも、ユータにだって意志があるもんねぇ」

「ま、それがお前、でいいんだろうよ」

カロルス様は、ぽんぽんとオレの頭を叩いて苦笑した。本当に、大きな人だ……オレがどうあっても受け入れられる、大きな大きな器を持った人。

「そうね、ユータちゃんはユータちゃんだものね。そう、これがユータちゃんだものね……」

そっと抱きしめる、柔らかな腕。オレがどんな姿になっても、柔らかく形を変えて受け止めてくれる、優しくて強い人。じわっと視界が滲《にじ》んだ。ごめんね……でも、オレ――幸せだ。

(――みんな、だいすき)

溢《あふ》れる想いに、慌ててカロルス様のお腹に顔を押しつけ、そっと口の中で呟いた。

「……っとぉ！　ユータ、何したの？」

途端にくにゃりとなったエリーシャ様を、セデス兄さんが抱きとめた。向こうでは、マリーさんが崩れ落ちている。……執事さん……隣にいるなら支えてあげて？

きょとんと首を傾げた拍子に、なみなみと溜まった涙が、ぽろりと一筋落ちた。

＊＊＊＊＊

死んだのか……男は、半ば諦《あきら》めて思考を巡《めぐ》らせた。地底湖は、まだ早いと思っていた。でも、あんな小さな子を連れていくもんだから……心配になっちまって……。それに、あんな連中が行けるなら俺たちだって、なんて気持ちが芽生《めば》えちまった。ああ、きっと先に行ったあの連中も……。そこまで考えたところで、ぐう、と腹の虫が鳴った。

「え？　あ、あれ……？」

ぱかりと瞳を開けば、ほんのりと明るい岩壁、そして不自然に漂う芳《かんば》しい香り。狐に摘《つ》ままれたような顔で男が半身を起こすと、隣で呻き声が聞こえた。

「あっ!?　おい、おいって！」

慌てて揺さぶると、顔をしかめた仲間はうっすらと目を開けた。安堵して見回せば、同じように横たえられた仲間たちの姿が目に飛び込んだ。1、2、3……4。震える指でそこに全員いることを確認すると、徐々に驚愕と喜びが湧き上がった。

「おいっ、おい！　みんな起きろって！　生きてるんだろ？　生きてんだよな⁉」

乱暴に揺すって叩かれて、口々に不平を言いつつ体を起こしたメンバーは、今ひとつ掴めない現状に顔を見合わせた。

「俺たち、地底湖にいたよな？」

「襲われたよな？　俺……上からガブッとやられて。なんとか頭は避けたけど、ここに……」

真っ青な顔で示されたのは、男の右肩から腹にかけて、大きく欠けた防具。

「あたしも、足から水中に引きずり込まれて……」

「も、もうやめようぜ。俺ら、生きてるんだろ？　そうだよな？」

ぐうぅう……。顔を見合わせた時、シリアスな雰囲気をぶち壊して5人の腹が鳴った。

「あ、あはは。えっと、生きているってことよね」

「なあ、なんか向こうからすげーいい匂いしねえ？　気のせいなのか？」

＊＊＊＊＊

「へえ、あの熊、結構美味しいんだ。もっとクセが強いかと思ってたよ！」

「熊は普通に焼かずに香草と煮て、油を捨ててから調理するといいみたい」

「まあ！　そんな面倒なことをしてるから美味しいのね！　ユータちゃんってすごいわ～！」

さほど面倒なことをしたつもりはないのに手放しに褒められて、えへへと照れ笑いした。

『ゆーた、あの人たちが起きたよ』

せっせと料理を作っては出していると、シロが耳だけぴくぴくさせて知らせてくれた。

オレたちは3階層を抜けて、現在4階層から5階層へ転移する場所まで辿り着いたところだ。4階層も魔物が色々出てきたけれど、3階層のことを思えば、呆気《あっけ》ないくらいスムーズに進んだ。魔物が多少強くなったところで、あの湖に比べればどうということはない。

「オレ、ダンジョンって下に行くほど難しいと思ってたよ」

「うん、普通はそうなんだよ。だからここは特殊だし、そのせいで人も少ないでしょ？　そもそも難易度が高いダンジョンだからねえ」

そうだったの⁉　初耳だ……オレ初ダンジョンなのに高難易度のところに来ていたの？

ちなみに5階層は目の前だけど、助けた冒険者さんたちを放置するわけにもいかないので、シロに積んで連れてきている。だけど3階層でダメだった人たちを5階層に連れていくのもマズイというわけで、残念ながら今回の探索はここで終了。せっかくだから盛大にお料理をして、ダンジョンを満喫《まんきつ》してから帰ろうってことになったんだ。持参したお弁当と、ダンジョン内の魔物で作ったお料理を所狭しと並べたら、まるでちょっとしたパーティみたいだ。テーブルクロス、持ってきてよかった！

「ユータ、手当たり次第になんでも冒険に持っていくの、やめようね……」

ダメだったかな。確かにピクニックみたいで、いかにも冒険しているって雰囲気はなくなっちゃうかもしれない。

「あ、あの……」

セデス兄さんが微妙な顔をした時、奥から冒険者さんたちがそろそろと現れた。行き止まりの通路を利用して入り口側にオレたちが陣取り、奥に冒険者さんたちを寝かせていたんだ。

「おう、もういいのか？　食うか？」

頬を膨らませたまま声をかけたカロルス様の後頭部に、エリーシャ様のお叱《しか》りがヒットした。

「たくさんあるから、体調がいいなら食べていきなよ」

いかにも貴族なセデス兄さんに促され、冒険者さんたちがおずおずと座った。

「あ、あの……。俺たちを助けてくれた……んですか？　記憶が曖昧《あいまい》で」

「そうだな！　コイツがどうしても助けるってんでな。お前ら死ぬ寸前ってとこだったぞ！」

わはは！　と豪快に笑うカロルス様に、冒険者さんたちの顔色が悪くなった。

「私たちの怪我も、もしかして……？」

「おう、なんつーか……治しとかねーと死んじまう傷だったからよ、仕方ねえってな」

「あ、お金のことなら気にしないでちょうだい、試作品を試させてもらったから」

オレ作の回復薬の性能を確かめるために、いろんな濃度のものをお試し代わりに使ってみたので、事実には違いない。間に合わない人には回復魔法を使ったけれども。

「えっ？　でも、瀕死《ひんし》の傷を治すような回復薬を……!?」

「そうなの、この子天才なのよ！　すごいでしょう？」

「お前らを助けたのもコイツの召喚獣だぞ」

オレは驚いて、嬉々として会話する2人を見上げた。いいの？　それってナイショにしなきゃいけないんじゃなかったの？

「ユータ様、冒険者として活動するなら、いつまでも秘密にはできません。今回、ユータ様の実力の一端を知ることができました。ある程度身を守ることができるであろう実力は備えておられます。そして、隠すことで危惧《きぐ》することもあるのです」

「そう。あのね、隠すってことは、咄嗟の判断が鈍るってことなんだ。ユータの実力なら、結構な難易度の場所でも行けるし、強敵とも戦える。でも、だからこそ一瞬の判断の遅れで、ユータ自身や周囲の人に……悲しいことが起こるかもしれない」

強敵と出会った時。そうか、咄嗟の場面でほんの一瞬でも実力を露《あら》わにすることを躊躇ってしまえば、それが未来を分けかねない。

「ですから、バレてもいい、くらいのお気持ちでいらっしゃるといいのですよ」

「ユータは力があるけれど、ものすごく不安定でアンバランスなんだ。何が起こるか分からないから、隠せるなら隠していればいいし、バレたらもうその時だよ！」

くすっと笑ったセデス兄さんに、オレもふわっと笑った。まだまだ不安定だけど、少し認められたんだろうか。

ほんの少し離してもらった手に大きな誇らしさと、ちょっぴりの寂しさが胸をよぎって、オレは胸を張って拳をきゅっと握った。


「うめえっ！　うめえよ!!　こんな美味い飯にありつけるなんて……生きててよかった！」

「これ、何⁉　ダンジョンでこんな食事が……⁉」

……言えない。彼らが貪《むさぼ》っているのはお魚……そう、冒険者さんたちを食べ――食べようとしたやつ。もちろん内臓は使ってないので胃袋は取り除いてあるけれど。

地底湖のお魚は、淡泊《たんぱく》だけど歯ごたえがしっかりあって、まるでお肉のようだ。濃いめの味付けでガッツリ感を足したのがウケているようだ。

「ねえユータ、この唐揚げは何のお肉？　ちょっといつもと違う味だけど、とっても美味しい！」

「あ、それは……ワニ（?）かな」

「げ、あれかあ。聞かない方が美味しかったな……」

そのワニ（?）も、地底湖で冒険者さんたちを襲っていた魔物だ。ラピスは大きい魚って言っていたけど、脚あるからね、魚じゃないと思うよ。こちらは完全にお肉の質感だ。豚でも牛でもない独特の風味で、脂身《あぶらみ》が少ない割に柔らかいんだ。外皮はあんなに硬かったのになあ。

ダンジョンって食事に困ると思っていたけど、意外と大丈夫そうだ。ただ、このダンジョンに関して言えば野菜がない。苔《こけ》しか生えてないもの。

「――助けていただいて、それも瀕死の重傷から救っていただいてありがとうございました！」

「その上こんな食事にありつけるなんて……このご恩、一生忘れません!!」

深々と頭を下げる冒険者さんたちに、カロルス様はずいっとオレを前へ押し出した。

「礼ならコイツに言うんだな。助けたのも飯作ったのもコイツだ」

「えっ？」

「ユータちゃんはすごいって言ったでしょう？」

冒険者さんたちはきょとんとして、慌てて頭を下げた。何言ってるか分からないって顔だ。

半信半疑どころか、ほんのちょっぴりも信じられないみたい。別に信じてもらう必要もないし、カロルス様にはいつかおおっぴらにバレた時に、味方になってくれる人を増やせって言われてる。だから、今信じられなくてもサラッと伝えておけばいいって。

「ううん、美味しく食べてくれてよかった。オレ、お料理得意なんだよ！」

「あんな美味いものを……？　ええと、貴族のぼっちゃんはすごいですね」

お料理の方なら少しは信じられるかな？　今日彼らに刻まれるのは、死に瀕した恐怖じゃなくて、ダンジョンで食べた美味しい料理、そうであって欲しいなって思った。

「それで、僕たちもそろそろ出ようかと思ってたから送っていくけど？　帰るよね？」

「魔道具がありますので、すぐに1階まで到達しますよ。この人数なら全員転移可能でしょう」

「い、いいんですか⁉　そ、そりゃあ願ってもないことで……」

冒険者さんたちは恐縮しきりだけど、置いていかれはしないと知って瞳が輝いている。

「魔道具？　えっと……習ったような。出口の近くまで行ける道具？」

「ええ、ダンジョンを抜けるための魔道具です。ないと非常に危険なので、必ず毎回持っていって下さい。珍しいものではないので魔道具店で販売していますよ」

「そうなんだ！　便利なものがあるんだね」

執事さんが見せてくれたのは、大きめの魔石が嵌《は》まった手のひら大の円盤みたいなもの。びっしりと何やら文字が書かれている。これをダンジョンの転移場所で使うと、繋がりを逆行して一番最初の場所まで行けるそう。

「では、行きましょうか」

ふわりと周囲が光に包まれ、ちょっとした浮遊感を感じる。

「ああ……帰れる……」

冒険者の誰かが、小さく呟くのが聞こえた。

「──モモ！」

『オッケー』

足下がしっかりと安定した瞬間、オレはモモと共に素早く前へ出ながらシールドを張った。

ギィイン！　シールドより前で衝撃音が聞こえた。

「へっ……？」

冒険者さんたちが、間の抜けた声で目を瞬いた。転移の前後は要注意……ホントだね、確かに油断しがちだもの。ちゃんと説明を聞いておいてよかった。

「お前ら、気ぃ抜きすぎだぞ」

「うふふ、気を付けないとねぇ。ご覧なさい、ユータちゃんだって前へ行こうとしたのよ？」

一応冒険者さんのためにシールドは張ったものの、セデス兄さんがきちっと前で攻撃を受け止めていた。転移直後に現れたのは、足の多いバッタみたいな魔物だ。オレはというと、前へ出ようと飛び出したところで、エリーシャ様にキャッチされてしまった。

「1階層でも油断すれば命を落としますよ？」

マリーさんがにっこり微笑んだ。メイドさんと貴族を含め、瞬時に全員が自分たちより前へ出ていることに気付いて、冒険者さんたちがぽかんと口を開けた。

「あ、ありがとう、ございます……？」

「あんたら……一体？」


「おら、もっと前へ出ろ！　その程度で下がるな！　心配いらん、回復薬ならあるぞ！」

「ひぃぃ！　ちょ、だって！　俺、後衛っす!!」

わはは！　と豪快に笑ったカロルス様が、冒険者さんたちが下がってこないよう背後で檄《げき》を飛ばした。どうしてこうなったんだろう……冒険者さんたちの目尻に涙が浮かびそうだ。

「魔法使い、遅いぞ！　剣1、2！　てめえらはさっさと突っ込め！　そしたらあいつも魔法で援護するだろ！」

カロルス様の無茶振りに、剣士さんが涙目で突っ込み、魔法使いさんが必死の早口で詠唱する。が、頑張れ……。でも、カロルス様はちゃんと危険な攻撃は防いでいるし、致命的なことにはならないよう見守ってくれている。Aランクの指導が受けられるのは……いいことだよね。

「俺ら、こんなに早く倒せるんだな……」

「本当に。これならすぐに1階層を抜けられそうよ」

冒険者さんたちも1階層は通ってきたのに、どうしてそんなに涙目になっているのかと思っていたけど、どうやら魔物1体1体に時間をかけて全員で当たっていたようだ。

「ユータ、冒険者はパーティで行動するんだからね、普通はこうやって一対多数で戦闘するんだよ。ちゃんと見ておかないと、『普通の人』と連携取りにくいと思うよ」

そうか……カロルス様たちは普通の人じゃないもんね。それを基準にしていたら、色々と悪目立ちしてしまいそうだ。

「何考えてるかすごく分かるけどね、ユータも普通じゃないから。もう目立ってるから」

セデス兄さんの呟きは、聞こえなかったことにした。

『ゆーた、ぼくたちと連携の練習しようよ！　それならいつでもできるよ！』

「きゅきゅ！」「ピピッ！」

『そうね、それが一番現実的だわ』

『俺様指揮執《と》るぜ！』

「ムムゥ！」

いやいや、ムウちゃんは戦闘に参加しないよ？　そんなに一生懸命手を挙げてもダメだよ？

ティアも参加しないよね……？　いつものほほんと肩にとまってるだけだよね？

でも、そうだね。どんな戦闘の時も一緒にいるのはこのメンバーなんだから、連携の練習は必須かもしれない。オレたちには『繋がり』があるから、なんとなく意思が通じるし、そこまで深く考えていなかったけど、練習して損はないよね！

『（でも、そうするとますますゆうたは「1人パーティ」になっちゃうのよね～）』

「？　モモ、なあに？」

『なんでもないわよ、あら、もう出られそうね』

「あ……ホントだ！　わーい！」

随分久々に感じる太陽の光。オレと冒険者さんたちは、光に向かって駆け出した。

4章　か弱き小動物の奮闘

「え～！　ユータだけ冒険ズルい!!」

「うわぁ！　うわぁ～!!　ユータ～！　君って最高～!!」

タクトは地団駄《じだんだ》踏んで悔しがり、ラキはオレが持ち帰った素材によだれを垂らさんばかりに喜んだ。秘密基地にはズラリと魔物素材が並べられ、ラキは眩しいほどにキラキラしている。

数日のお休みだったのだけど、なんだか2人と会うのも懐《なつ》かしさを感じるくらい久々の気がする。なんと言ったらいいか、ちょっと……戦地から帰ってきたような気分だ。平和っていいな。オレはフッとワイルドな顔で目を細めると、虚空を見つめた。

「ユータ、似合わない～」

ラキが残念そうな顔で首を振った。

「くそー！　俺だって依頼頑張ったのにさ……結局差が開いちゃうじゃん」

「ご、ごめん。でも、オレも連れていってもらっただけだよ」

「でもさ～タクト、僕たちもダンジョンへ行くってなった時、少しでも知識と経験のあるメンバーがいた方がいいよ～。それがユータならなおさらよかったと思うよ、ダンジョンって本当に危険なんだから～」

「ん～まあ……確かにな。それで、ユータどこ行ってきたんだ？」

タクトは目をきらきらさせて、ずずいっと詰め寄ってきた。

「僕も気になってたんだよ～。あのさ～これアイアンスパイダーじゃない？　アイアンスパイダーって確かDランクじゃなかったっけ～？　当たり前だけど、Fランクの僕たちが行くダンジョンにはいないよ？　そもそもさ、Dランクより下の魔物素材がない……気がする～」

「そうなの？　執事さんがある程度選別してくれたの。オレが行ったのはゼローニャのダンジョンだよ！　でも、行ったのは4階層までだけど」

タクトとラキがぱかっと口を開けた。高難易度って言ってたもんね……そりゃあそうだよね、あの湖なんて、実力がないとかなり運頼みな部分もあるし。

「ユータ‼　いきなりそんなとこ行ったのか⁉　だって……だってそこ、浅い階層でも難易度高くて！　嫌われダンジョンだぞ⁉」

「ゼローニャって罠あったでしょ～⁉　魔物だって相当強いし厄介なのが多くて～！　実入りは少ないし、リスクはすごく高いし～！　それこそCランク以上じゃないと行かないよ～⁉」

オレは2人の勢いにちょっとのけ反《ぞ》ると、目を瞬かせた。カロルス様、オレ冒険者になったばっかりだよ……？　どうして初ダンジョンにそこまで高難易度のを選んだの……。

「そ、そうなんだ？　２人ともよく知ってるね……まだ習ってないよね？」

「いやいや、ここから近いダンジョンぐらい知っとけよ！」

タクトに言われるとすごく悔しい。だって実際に行くのはまだまだ先と思ってたんだもの。

「確かにこの近くに低難易度ダンジョンってないし～ダンジョンの勉強にはいいのかなぁ～？Aランクの人たちが守ってくれていたら大丈夫……なのかなぁ～？」

「怖いダンジョンだったよ！　実力とね、あと知識も付けなきゃいけないって思ったよ……それと、行く前にしっかり調べないとダメだなって」

「ユータがそんな風に考えることができるようになったなら、すごく意味があったと思う～！最初に低難易度のところに行って、ダンジョンを舐めてしまうことってあるみたいだよ～」

ラキはどこか大人びた顔でにこっとした。なんだかセデス兄さんみたい。そうだね、スライムやマウスばっかり出てくるようなダンジョンに行っていたら、きっとこんな風に慎重になろうとか、事前の下調べをしっかりしようなんて思わなかっただろうな。

「なあなあ！　それでそれで‼　どうだったんだよ⁉　詳しく聞かせてくれよ！」

待ち切れないタクトに急かされて、オレは冒険の１日を語る。できれば、あの恐ろしさを彼らにも伝えられたらいい……と考えながら。

◆◇◆◇◆

「来たよ～！　えっと、久しぶり……」

大きな声は、徐々に尻すぼみになった。絶対に聞こえているのに、大きな獣はそっぽを向いて伏せたまま反応はない。あー、やっぱり怒ってる……。

「ごめんね、色々あってなかなか来られなかったの」

金の瞳は開かない。もう……寝てないの知ってるよ、しっぽが起きているもの。これは機嫌を直してもらうまで時間がかかりそうだ。オレはひとつ気合いを入れると、おもむろにブラシを取り出した。スッと漆黒《しっこく》の被毛にあてがうと、豊かな首回りのふさふさを梳《す》かし始める。柔らかな毛質の美しい毛並みが、オレの手の中で見事な光沢を帯びていく。

「ルーの毛は柔らかくて気持ちいいね。そうだ、ブラシを置いていけば自分でできるのかな？」

ちっともお返事をしてくれないので、1人で話しながら時間をかけてブラッシングしていく。

徐々にだらりとなった大きな体が、伏せた姿勢を崩して横になった。ぎゅっと瞑っていたまぶたが、今は心地よさそうに自然に閉じられている。もはや本当に寝てしまいそうだ。

「ねえルー？　ご機嫌なおった？」

『……べつに。お前が来ようが来まいが、俺に関係ね……』

うつらうつらしていたルーが、口走ってからハッと気まずそうな顔をした。やっぱりオレがなかなか来なかったからご機嫌が悪かったの？　それなら、嬉しいな。ふかふかになった毛並みにまふっと抱きつけば、ルーはまたふいっとそっぽを向いた。

「ルーもオレのところへ遊びに来たらいいのに。あの姿なら誰も変に思わないよ？」

『なんで俺がそこまでして……』

ルーはぶすっとふて腐れると、両前肢《まえあし》に顎を乗せた。行儀よく揃えた前肢がかわいい。

――会いたいなら会いに行けばいいの！　簡単なの！

『そんなこと言ってねー！』

全く、お馬鹿さんなの！　なんて、どこか先輩ぶったラピスがおかしい。むきになるルーもルーで、こっそりと笑った。

「そうだ、お土産《みやげ》があるんだよ。オレ、この間ダンジョン行ってきたの。お料理した魔物が美味しかったから、持って帰ってきたよ！」

ピクピクッとお耳が反応したので、うふっと笑ってテーブルを出して並べていく。ルーのためにたくさん作っておいたんだからね！

「これ、お魚だけどお肉みたいだったの！　ワニみたいな魔物も意外と柔らかくてね～」

説明を聞いているのかいないのか、ルーは大きなお口でがぶりと食いついた。ひとまず美味しく食べてくれているみたいだと、ホッと胸を撫で下ろす。

『……てめー、どこへ行ってきた？』

ひとしきり味わうと、大きな舌が口の周りを舐めた。じっと見つめる金の瞳に小首を傾げる。

「どこって、ゼローニャのダンジョンだよ。中にすっごく大きな地底湖があったの」

『――で？』

何を聞きたいんだろう。ルーが興味を示すなんて珍しくて、少し戸惑った。

「えっ……？　ええと、それで、冒険者さんを助けた時に倒したお魚たちだよ。湖はね、なんだかオレが見てもちょっと暗くて、ものすごく深くてきれいで……すごく、怖かったよ」

『そうか』

ルーは、じっと目を閉じてから、再びお魚にかぶりついた。その顔は、もう何も話す気はなさそうだ。

オレはしなやかな体にもたれかかると、黙って滑らかな毛皮に指を滑らせた。

◆◇◆◇◆

「――あっ！　ねえねえ、これ見て！」

3人でギルドの依頼を物色中、ひとつの目新しい依頼が目に留まった。どうやら依頼料が安いので、早朝の争奪戦では手に取られなかったようだ。

「クールサス肉か……えー安くねえ？」

「ホントだ～普通より安いんだね～」

クールサスは大きな飛ばない鳥さんで、俊敏な大型ダチョウみたいなやつだ。魔物じゃないから強くはないけど、気配に敏感で走るのが速いので、捕まえるのが難しい。遠距離攻撃で仕留めるのが一般的なんだけど、障害物だらけの森の中にいる上、なかなかどうして頑丈《がんじょう》な鳥さんで、魔法や弓の一撃なんかでは倒れてくれないそう。

低ランク冒険者パーティでは難しい方の依頼なので、本来依頼料は高めのはずなんだ。

「そうなんだけど、見て！　依頼者のとこ！」

「あっ、鍋底亭じゃねえか！」

「プレリィさんだ～！」

そう、依頼者は、先日美味しい料理をご馳走《ちそう》になった、鍋底亭の店主プレリィさんになっている。サッと3対の瞳が絡み合った。

「ってことは！」

「この肉を持っていけば～？」

「「「美味しいものが食べられる（かも）!!」」」

オレたちは、ガシッと握手を交わしてにんまりと笑った。


「こんにちは～！」

「はいよ！　……おや？　こないだの坊やたちじゃないか、どうしたんだい？」

依頼の詳細を聞きに鍋底亭を訪ねると、キルフェさんが元気に顔を出してくれた。

「あのね、依頼を受けたんだよ！　詳細は直接って書かれてあったから、来ました！」

「依頼？　どれ……ああ、プレリィー!!」

間近で響いた大音量に、お耳がキーンとした。

「はいはい。近くにいるんだからそんな大声で……おや？　君は――冒険者だって言ってた子だね。人族っぽいけど違うんだっけ？」

「ちがうよ!!　オレは人族で、5歳って言ったよ！」

プレリィさん、間違って覚えてるから！　お料理以外はやっぱり残念なオーラが漂っている。

キルフェさんに背中を押されて店内に入ると、幾分以前より散らかったような印象だ。

「悪いね、今取り込んでるとこでさ」

「森人の仲間から頼まれてね～おもてなしのお料理を研究中なんだよ。それで？　今日は何を食べたいんだい？」

ふわっと微笑んだプレリィさんに、思わずよだれが滴りそうになるのを押しとどめ、オレたちは用件を伝えた。

「え？　君たちが依頼を受けてくれたの？　うーん。でも、危ないよ？　森にはクールサス以外の魔物もたくさん出るんだから」

「俺たち、普通に森の依頼も受けてるぞ！」

「この子たち、この間の依頼でもブルーホーン倒したって言ってたじゃないか」

「そうだった？　僕は料理のために欲しいだけだからね、無理はして欲しくないんだ。何かの依頼の片手間にでも達成できる人がいればと思って、値段設定も下げてあるんだよ」

「ま、それ以上出す余裕がないってのもあるけどね！」

キルフェさんが豪快に笑った。いやいや、笑ってる場合じゃないよ！　こんな美味しいお店がなくなったら嫌だよ⁉

「無理しません～って依頼者さんに言っちゃうのもどうかと思うけど、それでいいですか～？」

「俺たち結構慎重派だからさ！　任せてくれよ。美味い飯食いてえし‼」

慌ててタクトの口を押さえたけど、時既に遅し。

「あははっ！　僕の料理につられて来てくれたのかい？　それは嬉しいね！　じゃあ、もし依頼を達成できたら美味しいものを作らなきゃね！　うん、無理しないならいいよ。忘れないでね、お料理のために怪我してまで獲物を持ってくる必要はないってこと」

「「「はーい！」」」

オレたちは調理用ってことで諸々の注意点を聞いてから、森へ向けて出発した。

「さて、いきなり来たものの……みんな、作戦あるのか？」

「も～、タクトはないんでしょ～？」

「見つけさえすれば仕留められると思うけど……」

速さ自慢ならシロもいるし、オレの魔法は威力が高いらしいので、多分仕留められるだろう。

「俺たちが食う分もいるからさ、できればいっぱい捕まえたいな！」

『美味しいお肉の匂い、探す？　鳥さんっぽいのを探せばいいんだよね？』

「今回は闇雲に歩いても見つけられそうにないし～。ユータ、シロに頼ってもいいかな～？」

「うん！　お料理のために必要なんだもん、索敵技術を磨くのはまた今度にしよう」

索敵で魔物でもない危険度の低い鳥さんを探すのは、難易度が高すぎる。オレのレーダーならある程度分かるけど、ここはシロが適任だね。

真剣な顔であちこちを嗅ぎ回ったシロが、やがて空中で鼻をひくひくとさせた。

『うーん、これかなぁ？　違うかもしれないけど、行ってみよう？』

物音ひとつ立てずに進む白銀のフェンリルを追って、オレたちは必死に気配を消して走った。

『もう声を出しちゃダメだよ？　ほら、あそこ、大きい鳥さんじゃないかなぁ？』

いた……!!　それも、2羽！　ただ、実際に目にすると想像以上に大きい。これ、蹴られたら普通に致命傷な気がするけど。オレたちは、どうする？　と視線を交わした。

『ゆーたに1羽任せて、ラキとタクトで1羽担当するって。ラキがそう言ってるよ』

おお、ラキ賢い！　ラキは念話できないから、極小ボイスでシロに拾ってもらっているようだ。オッケーと大きくマルを作って返事したものの……おや？　オレ、いつも1人じゃない？

『ゆーたは1人パーティだからいいんだって！』

オレの考えはラキにはお見通しらしい……。

『じゃあ、ぼくがせーのって言ったら攻撃ね。ラキの詠唱終わったらいくよ～、せーーのっ！』

「――ウォールっ！」

「はあっ!!」

「アイスソード！」

オレが放ったのは、アイスランスの極太《ごくぶと》バージョン、クールサスの細い首なら一撃必殺だ。

一方、ラキが選んだ土魔法では、突如としてクールサスの周囲3方向を阻む土壁が出現した。

クールサスが戸惑った瞬間を逃さず、一気に間合いを詰めたタクトが剣を振り抜いた。

「っしゃあ！」

どうっ、と倒れた2羽の巨鳥に、タクトが拳を突き上げる。タクト、また強くなったんじゃない？　細いとはいえ頑丈な骨もあるのに。見事に分断されたクールサスの首に、オレは少し驚いた。

「へへっ！　どんなもんだよ！　俺ら、もう一人前じゃねえ？　すげーよな！」

「一気に2羽手に入ったのは大きいね～！　これだけ大きいと十分なんじゃない～？」

「よっしゃ！　帰ろうぜ！　飯作ってもらう時間がいるもんな」

普段なかなか帰ろうとしないタクトがいそいそと踵《きびす》を返し、オレたちは声を上げて笑った。どんなお料理になるんだろう。そもそもクールサスはどんな味なのかな。わくわくしながら森を抜けようとした時、ガサッと目の前にシロが走り出てきた。

「シロ、お散歩はもういいの？」

『うん！　これ、ぼくたちの分！』

にこーっと満面の笑みで示したのは、立派なクールサス2羽。どうやらシロの分には足りないと思ったらしい。あくまで依頼で、できたお料理を味見させてもらうだけなんだよ……これだと普通に注文しなきゃいけないね。

「お、さすがシロ！　これなら腹いっぱい食えるな！」

「さすがにそれは～。でもいいか、依頼料で支払って作ってもらうのもいいかもね～」

シロは嬉しそうにぶんぶんとしっぽを振った。

「えっ？　もう達成したの？　今朝依頼出たところでしょう？　クールサスはどこに？」

「えーと、収納袋に入れてあるのでここでは……」

さすがにギルドへ４羽のクールサスを担いでいったら目立つことこの上ないので、解体専用の広場でこそっと出させてもらった。

「本当だわ……どうやって――ううん、依頼達成おめでとう。鮮度《せんど》のいいうちにプレリィさんに持っていってあげて」

受付さんは、にっこり笑って頭を撫でてくれた。


「ええーっもう!?　もう狩ってきたの!?　どうやっ……おっと、それは冒険者に聞いちゃいけないんだよね？　いやぁ、助かるけど……すごいね？」

「へへっ！　だろ！　俺ら結構すごいんだぜ!!」

「それで～、思ったよりたくさんになったんですけど～依頼料で支払うので、できればそれで食べられる分、僕たちにもお料理作ってもらうことってできますか～？」

「ははっ！　何ケチくさいこと言ってんのさ！　構わないよ、腹いっぱい食っていきな!!　その代わり、試作品の感想を聞かせとくれよ！」

「えっ本当!?　わーい!!　じゃあ、いっぱい獲《と》ってきちゃったけど、ちょうどよかったね」

「おや、2羽狩れたの？　本当に君たち凄腕じゃないか！　多い方が助かるよ」

店の奥に案内されると、お風呂場みたいな場所があった。どうやらここで解体をするみたい。

「じゃあ、ここに全部出すよ」

「うん、お願いね。え……全部？」

ドサドサ！　と積み上がったクールサスに、プレリィさんがぽかんとした。馬みたいなサイズの鳥が4羽、なかなかの迫力だ。

「これは――すごいな。前に言っていた『いい収納袋』ってこれのことか……今狩ったみたいな鮮度じゃないか。首以外に傷はゼロ、品質は超一級品だ」

プレリィさんの顔がぐっと引き締まり、真剣そのものだ。どうやらお眼鏡に適《かな》ったようで一安心。胴の部分を使うから、可能な限り傷を少なく、火魔法や雷撃なんかを使わないで欲しいって言われていたんだ。依頼によってどんな状態での納品がいいのか違うんだと勉強になった。

「素晴らしい！　本当になりたて冒険者？　これから危険の少ない依頼は君たちに任せようかな。文句なし、満点の出来だよ!!　これだけあれば本番にも使える。だけど鮮度が……」

プレリィさんが、ふと気付いて遠慮がちにオレを見た。

「その、相談なんだけど……君の収納袋、とても保管に優れているんだろう？　保管料を払うから、預かっておいてもらうことはできない、かな？」

『主ぃ！　チュー助！　ここはふっかけるところだぞ！』

そういうこと大声で言わない！　慌てて口を押さえたけど、時既に遅し、プレリィさんが苦笑いしている。

「ちゃっかりしたネズミ君だなぁ。冒険者の大事な道具を使わせてもらうんだから、ある程度覚悟はしているよ。でも、店がこんな感じだから……あんまりいじめないでくれると助かるな」

「う、ううんっ！　まだいっぱい入るから大丈夫！　お料理食べさせてくれるんでしょう？　お金はいらないよ！」

2人は勢いよく顔を上げ、唾《つば》を飲んだ。お客さん、来てないもの、きっと経営厳しいよね。

「あんた、さすがにそりゃあ……。その、あたしらとしては助かるけど……」

「はは、気を使ってくれてありがとう。情けない話、本当に助かるんだけど、さすがにタダってわけにはいかないよ」

オレの収納はどこまでも入りそうだし、使ってもらうことになんの問題もない。だけど2人は気を使っちゃうよね。うーんと考えたオレは、パッと顔を上げた。

「じゃあさ！　これからいつでもオレが保管庫になるから、その代わりオレたちが持ってきた食材でお料理作って欲しい！　それで、もしよければレシピとか教えてもらえたら……。だ、ダメ？　えっと、保管庫、使い放題で……」

勢い込んで言ってみたものの、あのお料理の技術料やレシピ代金と保管庫代は釣り合わないんじゃないだろうか。飛び出した台詞は、徐々に尻すぼみになった。

「高性能の収納……」

「使い放題……」

虚空を見つめて呟いた2人の目が、ぎらりと光った。華奢な手が小さな肩をガシリと掴む。

「その言葉っ！　信じていいんだねっ⁉　二言《にごん》はないよねっ⁉」

「あんたっ！　それでいいのかいっ⁉　いいんだねっ⁉」

目の色を変えて掴みかかった2人の勢いに、オレの足が宙に浮いている。わさわさと人形のように揺さぶられて、足が振り子のように揺れた。

「ちょ、ユータがボロボロになるって！」

タクトがオレを奪い返して、ラキがぼさぼさになった髪を撫でつけてくれた。ホッと一息吐いたところで、興奮した2人と、それでいいの～？　と首を傾げるラキにきょとんとした。

「もちろん……だって、オレ預かるだけだよ？　それってそんなにすごいこと？」

「そうだね～普通は鮮度を保って保管できないし、大きなものを保管できる収納袋ってだけで、相当な高値になるんだよ〜？　それが、使い放題。破格だと思うよ〜？」

そうか、そうだね、高性能の収納袋を買えない料理人さんからすると、何よりも価値があるのかもしれない。

「そっか。でも、まだ余裕あるし大丈夫。オレはそれでいいよ？」

固唾を飲んでオレを見つめていた２人が、歓声を上げた。

「さ、たーんと食べていきな！」

「「わあ〜！」」

テーブルにずらりと並べられたのは、見た目も美しい大量のクールサス料理。

「君たち食べたことないんだよね？　まずはクールサスの味を確かめてみて」

まずはと勧められたのは、一口大のステーキだった。これ、見た目が明らかに鳥肉じゃない。色が薄めの牛肉って感じだ。ぱくり、と口に入れて驚いた。

「おいしい！　こんなに柔らかいの!?」

「そう、これがクールサスの特徴なんだ。脂肪分が少ないのにとろける柔らかさ！　不思議だろう？　頑丈な羽毛と外皮に守られて、お肉はこんなに柔らかくジューシーになるんだよ」

そういえば、この間のワニモドキも外皮は硬かったけど中は柔らかかった。それにちょっと似ているかな。でも、あれよりずっと繊細な味がする。

「うめえ！　あれもそれも全部美味い！」

「本当だね〜！　僕このお肉柔らかくて好き〜！」

「なんだい、もうちょっと参考になる感想を出しちゃくれないかい？」

次々出される試作品を口へ運んでは美味い！　しか言わない2人に、キルフェさんは嬉しげに笑った。

よーし、オレはちゃんと感想を言おう！　少量ずつ盛られた試作品に向き合うと、まずは匂いから。そして1つ食べるごとにお水でお口をリセットしつつ、真剣に味を確かめていく。

本当、どれもすごく美味しい！　特にムニエルは表面がカリッとして中が崩れるほどに柔らかく、形が残るぎりぎりに煮込まれたスープ煮は、ハーブの爽やかな風味と相まって体の調子がよくなりそうな気さえする。茹でて冷水で締めた角切りのクールサスは、少し弾力が加わって面白い食感で、カラフルな酸っぱいソースがよく合っていた。

ひとしきり丁寧に味わったら、ふう……と一息吐いてフォークを置いた。

「――ごちそうさまでした。どれも、美味しかったです」

じいっとオレを見つめていたプレリィさんが、ホッと肩の力を抜いたのが分かる。

「えっと、参考になるか分からないけど。すごーく美味しかったです！　ただちょっと物足りない人もいるかも？　脂っ気が少ないから……でもそこがいいところだから、子どもやお年寄りにはすごくいいと思う！　バターたっぷりのムニエルは油も補えていいなって思ったよ」

「ふんふん……そうか、僕たちはあっさりめを好むからね。確かにニースたちみたいな若い子は濃い味の油たっぷりが好きだもんね」

「うん！　あと、これはシャッキリ固めの素材があると、柔らかさが強調されていいのかも？」

「ははあ！　なるほどね。柔らかさを出すことばかり考えていたね、いけないいけない」

「……なんだいあの子？　宮廷料理人か何かだってのかい」

「ユータはお料理好きなんだ～」

「ちょっと変だから気にしないでくれよ！」

タクト、聞こえてるから！　あと、これだけはプレリィさんに聞いておかねば！

「あのね、オレのいた国もあっさりしたお料理が多いんだけど、こういうおだしとか、プレリィさんは使う？」

収納から昆布《こんぶ》（？）だしと鰹《かつお》（？）だしの壺を出してきて、味見してもらった。

「おお……いいね！　このだし、気に入ったよ。僕たちの好みにも合ってる!!　これどうやって手に入れたんだい？」

「自分でだしを取ったんだよ！　このだしとクールサスも相性よさそうでしょう？　お肉では普通作らないけど、このお肉ならエビしんじょみたいにお団子にして、お吸い物にもいけるかも！　タタキなんかも……んーちょっと怖いから火は通さないといけないか……」

「ほう、このスープは油が浮かないね！　冷やしてもいけそうだ。うん、蒸して薄くスライスして……」

「あーあ、また料理バカに研究材料与えちまって。困ったもんだよ」

大盛り上がりのオレたちの横で、頬杖をついたキルフェさんがやれやれとため息を吐いた。

◆◇◆◇◆

「あ……れ？　これ、いっぱいじゃない？　見て！　ほらほら、これで満タンだよ！」

その日の夜、いつものようにうつらうつらしながら保管庫に魔力を注ぎ――その手応えが変わったことに気が付いた。ドキドキする胸を押さえ、もう一度注いでみるけれど、魔力保管庫はほのかに発光し、いくら注いでも魔力が溢れて出てくる。間違いない、これで満タンだ！

これで、次の召喚ができる！　オレは保管庫を抱きしめて、ぐっと表情を引き締めた。

『わ、ホントだ！　ゆーた、がんばったね！』

シロが大きな体でくるりと宙返りして喜んだ。

『魔力保管庫は満タンになったけど、あなたは大丈夫なの？　負担が大きいでしょう？　次にって言ってたのは――あの子ね？』

「うん！　またルーのところで召喚しよう。何かあったらきっと助けになってくれるよ。オレも前より魔法使うのにも慣れたし、小谷さんは小さいからそんなに魔力使わないんじゃない？」

『そうは言うけど……あの子、結構こだわりが強いわよ？　普通に来るかしら？』

「そうなの？　小谷さん、いつもきょとんとしてて、こだわりが強いの知らなかったな」

『意外とプライドも高いのよ。……あの時、何もできなかったこと、きっと悔やんでるわ』

「うん。……みんな、きっとそうだよね。オレだってそうだもん」

オレはすいっと体を寄せたシロに身を預け、そっとモモを撫でた。だからこそ、もう一度会って、次こそ後悔のないように。

待っててね、もうすぐ――こっちに喚《よ》ぶからね。

＊＊＊＊

強くなりたかった。守りたかった。

……でも、戦うことも、守ることも、助け出すことも。このちっぽけな体では何もできない。

今もあの子と確かな繋がりを感じる。だから――きっと、喚んでくれる。だけど、このままじゃダメ。会えない。役に立たないから。

どうしたらいい？　どうしたら役に立つ？　考えて、考えて、少しでもマシな姿に。ちょっとでいい、役に立つ姿になる……次こそは！　ちっぽけでか弱いままじゃ、意味がない。だから、もがいて、もがいて手を伸ばす。だって、見えるから。暗闇の中に見えるあの姿。あれになりたい。精一杯小さな体を伸ばして、でも、届かない。

悔しくて、悔しくて。それでも、届かない。もう少しなのに、届かない……力が、足りない。

――ずっとずっと、そうして足掻《あが》いてた。諦めたくない。……だって、会いたいから。


『ねえ……こっちに、来てくれる？』


突然聞こえた、懐かしい声。大好きな優しい声。あの子が、喚んでる……!!

あの姿に……なる！　あの子に、会うために!!

――流れ込む力と共に、光が弾けた。

＊＊＊＊＊

応えてくれた！　きっと……そうだと思う。今、しっかりと繋がった。オレはゆっくりと息を吐いて、召喚陣に魔力を注ぎ続けた。大丈夫、今回は余裕がありそうだ。これまでのように特殊なスライムでもフェンリルなんて大それたものでもなければ、あれほど湯水のように魔力を使わないはずなんだ。それでも、どんな兆候《ちょうこう》も見逃すまいと針の先のように集中していく。

「う、わっ⁉」

『ゆーた⁉』

『どうしたのっ⁉』

「わ、かんない……！　急にっ、魔力が——‼」

突如強く引っ張られるような感覚と共に、一気に魔力が引っこ抜かれ始めた。召喚陣の底が抜けたように大量の魔力が消費され、歯を食いしばって注ぐ魔力を高める。とにかく、オレにできるのはめいっぱい魔力を注ぐことだけ！　ねえ、一体何があったの⁉　何が起こっているのかは分からない。ただ——強い意志に触れたような、そんな気がした。

——ユータ！　がんばるの！

「ピッ！」

ラピスがふわふわの体をオレに押しつけ、ティアがサポートは任せろと力強く鳴いた。

「……ありがとう」

召喚も3回目だもん。大丈夫、乗り切れるよ！　オレはちょっと微笑んで流れる汗を拭《ぬぐ》った。

ふーっと鋭い呼気と共に、気合いを入れ直す。

……大丈夫、任せて。絶対召喚してみせる！　安心して！

徐々に、徐々に強くなった光がぐっと凝縮《ぎょうしゅく》されたかと思うと、カッ!!　と召喚陣が輝いた。

『……あ……。届い、た……？』

召喚陣の中央には、見たことのない生き物がぺたんとお尻をついていた。呆然とした声に、オレは安堵の息を吐いて微笑むと、重い体に鞭《むち》打って立ち上がった。

「いらっしゃい。ああ、無事でよかった――随分姿が変わったね？」

湧き上がる喜びを浮かべて歩み寄ろうとした時、ぽふんぽふんと弾むモモに追い抜かれた。

『もう……。あなた、無茶したんでしょう！　ゆうたにも負担がかかるのよ？』

『ごめん……』

「えっ！　無茶したの？　大丈夫なの？」

駆け寄ってひょいと抱き上げたのは、子猫くらいの大きさの生き物。大きなお耳、大きな目、しきりとグーパーしている小さな手。そして、額に紅い宝石があった。

シロが大喜びでオレの周りをぐるぐると駆け回った。

『小谷さん！　ひさしぶり！　ネズミさんじゃなくなったの？　その姿もかわいいね！』

『ネズミ違う、ハムスター。でも、そう、これになりたかった。……届いた……掴めた』

「そう、なりたかった姿になれたの？　よかった……！　前の小谷さんも、今の小谷さんも、とってもかわいいよ！」

ふわふわとした体に頬ずりすると、小谷さんも小さなお手々でオレの頭を撫でてくれた。

『ゆーたも、かわいい。……また、会えた……』

大きな瞳がじっとオレを見つめて離れない。少ない言葉から万感《ばんかん》の思いが伝わってきた。

「うん……！　会えたね!!」

オレはじわっと浮かんだ涙を隠すように、もう一度、小さな体をぎゅうっとした。

――ユータ、その子のお名前は？

「あ、そうだね。どうしようか？　ねえ、ルー！　この子ってなんていう種族なの？」

それまで黙って見守っていたルーに声をかけると、呆れたような視線が返ってきた。

『てめーは毎度毎度……。もう少し普通なものを喚べねーのか！　カーバンクル、だ』

「カーバンクル！　聞いたことある……気がするよ！」

『よかったな主ぃ！　カーバンクルって幸運を運ぶらしいぞ！　珍しくて、特に船乗りにすげー人気なんだぞ！　……って俺様聞いたことある！』

『ゆーた、よかったね！　運が悪いもんね！』

ぐさっ！　シロの無邪気な発言が突き刺さる。そうだよね……オレって結構運が悪いかもしれない。でも、ここぞって時の悪運は強いかもしれないけど。

『……そう……。だから、無茶したのね』

小谷さんは、ふよんと揺れたモモを見つめて、コクリと頷いた。

『……強く、なれなかった。でも、これなら……』

モモは、お馬鹿さん、と呟いて、小谷さんのおでこに柔らかアタックした。きょとんとおでこを擦《さす》るその表情は、とても懐かしくて、嬉しかった。

「新しいお名前……。んーモモ、シロ……なんだか色の名前になっちゃったね！　じゃあ、今度は何色かな？　いろんな色があるねえ……」

小谷さんは翼もないのにふわっと空中に浮かんでこちらを注視している。淡いブルーグリーンの体毛に紫の瞳、そして――。

『何言ってるの！　こんな美しい特徴があるでしょう!?　これよこれ！』

そう、額に煌めく深い色を宿した紅玉。モモの主張で赤にまつわる名前に決定のようだ。ただ、そうは言っても、ルビーだとウミワジの時のルビーお姉さんと同じになっちゃうし、赤ちゃんだとさすがにおかしいし……他に赤を示す言葉って何だろう。

「えーっと……紅《べに》、スピネル、ガーネット、ざくろ、くれない、蘇芳《すおう》、朱色《しゅいろ》――」

大きなお耳がピクピクッと動いた。

「朱色？　あ、朱色《あけいろ》とか？」

『ちがう』

「えーと、じゃあ蘇芳？」

『それがいい。スオー』

なんだか見た目に反して随分格好いい名前じゃないかなと思ったけれど、本人がそれがいいって言うんだから、まあいいか。

『スオーは、離れない』

サッとオレに飛び込んだ蘇芳は、みんなと同様オレに魂《たましい》を預けることを選んだようだ。せっかく自由に生きられるのに……眉尻を下げたオレの頭を、蘇芳の小さな手がよしよしと撫でた。

『いいじゃん、主ぃ～！　俺様だってフツーのネズミだったら一緒にあちこち行けないけどさ、この姿だから一緒に行けるし！　街中だってレストランだって入り放題！』

『うん！　ぼくも大きいから、ゆーたの中にいないと一緒にいられないよ。だから、よかった！』

そうだね……ずうっと一緒にいられるのは召喚獣だからこそ、だもんね。ただ、チュー助はそもそもネズミではないんじゃなかった？

『それにね、召喚獣ならなんだって食べられるじゃない？　シロなんてタマネギも平気だし』

『そっか！　ぼく全部食べられるようになってる！』

そうなの？　召喚獣だから大丈夫なの？　フェンリルだから大丈夫なんだと思ってた。モモは元々スライムだからなんでも食べられるし。種族特性じゃなかったんだ。

どうやら、召喚獣や精霊みたいに実体をはっきり持たないからこその特技みたいだ。ラピスやティアがなんでも食べるのはまた別のお話らしい……。

『スオー、美味しいもの食べる！』

オレの周囲をふよふよしていた蘇芳が、くいくいと髪を引っ張って主張した。うん、みんなで一緒にいられて、美味しいものが食べられる。それって、すごく幸せだね。にっこりと満面の笑みを浮かべると、期待に満ちた視線が集中した。

「ふふっ！　みんなでおやつにしよっか！　ルー、おやつだよ、こっちに来て～！」

『………』

おやつの引力に負けたルーがのそっと立ち上がり、優雅な足取りでやってきた。だけど、大きな頭をテーブルへ乗せると、再びぐてっと横になってしまった。

「ルー、仲間が増えたよ。蘇芳って言うの、よろしくね」

『スオー、よろしく』

『知っている。さっきから見てただろうが……』

金の瞳がちらっと蘇芳を見て、しっぽをゆらゆらと振った。


「………」

「かわいい、でしょう？」

執務机に座っていたカロルス様が、深い深いため息を吐いた。

蘇芳を召喚できたのが嬉しくて、まずはロクサレン家のみんなにお披露目《ひろめ》しようと帰ってきた。だけど、やっぱり珍しい生き物だからか、カロルス様の視線はじっとりしている。

「もう今さらだがなぁ……召喚獣でよかったな」

「そうですね。これは召喚獣だと積極的に話しておいた方がいいですね」

「うん、カーバンクルって、珍しいから狙われるんだね？　ちゃんと聞いたよ！」

「そうだよ、シロと違って見た目で分かるからね。でもホント、かわいいね！」

セデス兄さんはにこにこして、天井付近を逃げ惑《まど》う蘇芳を眺めた。

「きゃーー！　こっちに来て！　蘇芳ちゃーん！　かわいいっ！」

「蘇芳さん！　下りてきてくれないと私が行っちゃいますよ！　少しだけ！　すこーしだけ抱っこするだけですから！」

『スオー、いや！　ゆーた！』

どうやら初めての人たちに抱っこされるのはイヤらしい。蘇芳はオレの腕の中に飛び込んで、ぎゅっとしがみついた。

「ああー！　それも！　それもいいです!!　満たされてゆく……」

「はあ～～かわいさのアッパーカットぉ……」

マリーさんとエリーシャ様は相変わらずだ。崩れ落ちた2人に、蘇芳がとても不審《ふしん》げな目を向けている。だ、大丈夫、その、悪い人たちじゃないんだ。ちょっと、変わってるけど……。

「僕、カーバンクルって初めて見たよ。かわいいね～本当に額に宝玉《ほうぎょく》があるんだね」

ぴとっとオレにくっついてはいるけど、蘇芳は大人しくセデス兄さんが撫でるに任せている。

どうやらオレの腕の中なら、触れられても大丈夫らしい。

ちなみに、セデス兄さんの後ろには、エリーシャ様とマリーさんが音もなく並んでいた。


「——そうだ、蘇芳にも何か目印があった方がいいね。何がいいかな？」

ベッドへ寝転がると、シロも飛び乗ってきてぎしりと傾いた。エリーシャ様たちがいつまでたっても蘇芳から離れないので、オレたちは一旦《いったん》自室へ避難している。

物珍しそうにお布団を両手でぽふぽふしていた蘇芳が、何のこと？　と小首を傾げた。

『大きな耳だから、イヤリングなんて似合いそうね！　でも額の宝玉があるから、何を付けても見劣りしそうだわ。でも小ぶりの赤で揃えて……うん、それならネックレスなんかもいいわね。イヤリングならシンプルな方がきっといいわ』

「イヤリング、落っことしそうじゃない？　痛そうだし……今度シーリアさんのところで何か見繕《みつくろ》ってもらおうか」

きっと何のことか分かっていない蘇芳は、きょとんとした顔でこくりと頷いた。

『いたー！』『ひさしぶりー？』『きょうはいたね～』

「あー！　久しぶり!!」

薄暗くなる窓の外から飛び込んできたのは、妖精トリオだ！　なかなかタイミングが合わないのか、最近全然会えてなかったんだよ。

『ひさしぶり、であってる？』『あってたよ！』『そうなの？』

「合ってるよ！　随分会えてなかったでしょう？」

『そう？』『なかなかいなかったー』『たぶん、ひさしぶり！』

相変わらず、まだ幼い妖精さんたちには、オレたちの時間感覚は分かりづらいようだ。

「チル爺も来てるの？」

『くるよ！』『きたきた！』『おそいのー！』

『やれやれ……お主らに付き合うのも骨が折れるわ。ほほ、久しぶりじゃが、今回は何も事件は起きとらん――』

どっこいしょと窓枠に腰掛けたチル爺はのほほんとオレを視界に収め、ピタリと止まった。

『……起きとったようじゃの』

蘇芳に目を留め、口周りのお髭《ひげ》がなびくほどにため息を吐いた。

『ふわふわー』『かわいいー』『きれいね～』

『スオー。よろしく』

妖精さんより大きいせいか、ちょっと得意そうな顔でもふもふされているのが微笑ましい。

『カーバンクルか……フェンリルよりはマシじゃが。むしろもうちいっと見た目のいかつい怖そうな召喚獣を喚び出してはどうじゃ？　それなら不届き者も減るであろうに』

「そんなこと言ったって、オレが選んでるわけじゃないもの」

この分だと、残りの子も普通には来てくれないんだろうか……。魔力保管庫にはまだ魔力が残っているけど、やっぱり満タンで臨む方がよさそうだ。

「ねえチル爺、カーバンクルって本当に運がよくなるの？」

『そうさのう……。そう言われてはおるがの、そんなもん計測できんからのぅ。そうかもしれんし、そうじゃないかもしれん』

『でも、きょうあえたー！』『よかった～』『すおーのおかげ？』

「ふふっ！　そうだね、きっと蘇芳のおかげだね！」

蘇芳はちょっと照れて、両手でお顔をぐしぐしと擦った。

「あ、そういえばね、街でとっても美味しい料理屋さんを教えてもらったんだよ！　森人のお店でね、みんなも食べられたらなあって。街へは行ったらダメなの？」

『ダメなことはないんじゃが、こやつらを連れていけばトラブルになる気しかせんわい。魔力視ができるなら、ワシらが見える者もおるじゃろうしの』

「あ、そういえばキルフェさんは魔力視できるかも……。やっぱり見られたらよくない？」

『それは森人じゃろう？　それなら問題ないわい。その店だけなら……あるいは……』

チル爺は美味しいお料理に心がぐらついているようだ。どうやら森人は魔力視できる人がちょくちょくいるらしく、オレたちより妖精が身近な種族なので大丈夫だそう。あの2人なら妖精さんたちを連れていってもきっと大丈夫、今度聞いてみようかな。

「ねえ、オレたちの秘密基地なら他の人は来ないし、秘密基地とそのお店だけなら街でも安全なんじゃない？　今度プレリィさんに聞いてみる！」

『やったー！』『いきたーい！』『わーいわーい』

『ふむ。森人ならよい酒も……』

ふふ、チル爺はお酒だね、了解！　今度美味しいお酒がないか聞いてみよう。チル爺にはお世話になってるし、妖精さんたちの飲み食いする量ならオレも無理なく支払えるだろうから、ご馳走作ってもらおう。

チル爺たちはいつも近くの転移ポイントに転移してから、ここまで飛んできているらしい。だから、秘密基地にも転移ポイントを作ればいつでも会えるよね！　街の方でも妖精さんたちと会えるようになったら嬉しいな。

「本当はルーにも来て欲しいんだけどな……」

賑やかな妖精トリオが帰ったあと、暗くなった部屋で灯りをつけると、ぽつりと呟いた。せっかく人の姿になれるのに。一緒にごはん食べに行けたら楽しいのに。それでね、きっと兄弟だって間違われるんだ。思い切りしかめ面をするだろうルーを想像して、くすっと笑った。

『どうして来ないんだろうね？　楽しいのにね』

シロはオレの膝に頭を乗せると、心底不思議そうに首を傾げた。

――行きたがってるのに来ないの、おかしいの。ルーって変なの。

「ルーは神獣さんだし、色々しちゃいけないこととかあるのかもね」

――ラピスはしちゃいけないことがあっても、ユータのところに行くの。

それはそれで……嬉しいけど、どうなんだろうか。胸を張って言い放ったラピスに苦笑すると、小さな体をそっと撫でた。

――ユータ、お手々大きくなったの。

きゅきゅっと嬉しそうに鳴いたラピスが、ちょんと手のひらに乗ると、計測するようにとんとんとんとオレの手のひらの上を歩いた。

「ピピッ！」

ティアも、サイズを見てごらん？　と言いたげに手のひらにぽふんと座った。本当だ、前はお椀《わん》にした両手のひらいっぱいだったティアなのに、少し余裕が出てる……気がする！

「そ、そうかな！　大きくなったかなぁ？」

『子どもの成長は早いのよ、随分大きくなってるわよ』

「本当？　嬉しいな！　まだまだちっちゃいけど……そうだね、タクトたちだって随分逞しくて大きくなったもん、オレも逞しく大きくなってるよね！」

ううん、逞しくはなってないけど。モモの小さな返答は気のせいだと思うことにした。


「ん～ちょっとぬるいかな？」

『このくらいでいいわ。寒い時期じゃないもの』

特に受けたい授業もなかったし、今日はルーのところでのんびり露天風呂の日にするんだ。

もちろん、ルーの意見は聞いていないけど。

露天風呂の準備をして、まずは不満そうなルーをしっかり洗う。楽しくはあるんだけど、ルーを丸洗いするのは相当に大変だ。いつかドライブスルー洗車みたいな魔法を考えたいと思う。

「ピ！」

重労働を終え、肩までお湯に浸かってふうーっと仰のくと、ティアがちょんとおでこの上に乗った。あったかい小さな足裏の感触が心地いい。

「あ、ごめんごめん」

ティアたち小さい組用のお椀——もといミニお風呂を数個作ってあげると、ティアは喜んで飛び込んだ。小鳥って普通浸かったりしないよね。ティアは鳥よりむしろ植物なんだろうか。

小鳥が気持ちよさそうにお湯に浸かって目を閉じているのは、なんだか不思議な光景だ。

ちなみに、シロは熱いお湯より冷たい方がいいって、湖の方ではしゃいでいる。まだまだ遊びたい盛りだね。こうやってのんびりする良さが分からないとは勿体《もったい》ない。

『俺様、そっちの大きい方に入りたい！　モモだって入ってるのに！』

「ダメだよ、チュー助は泳いで暴れるし、溺《おぼ》れるでしょ。モモは大人しいからね。温泉はゆっくり静かに楽しむものなんだから」

——チュー助は分かってないの。これはユータが作った専用のお風呂なの。ラピスのために作った、ラピスのためだけのお風呂なの。

『あーら、１人用のお風呂なんて素敵じゃない？　お風呂を独り占めよ？　羨ましいわぁ。お姉さんもそっちへ行っていいかしら？』

『……ダメ！　これは俺様専用のお風呂！　俺様だけのもの！』

ラピスとモモの台詞に、チュー助はしばし思案してとぷんと浸かり直した。その満足そうな顔にくすくす笑っていると、突如ザザァーっと冷たい水滴が降り注いできた。

「わっ!?　冷たっ！」

どうやら空中に浮かべた水に突っ込んで遊ぶ、なんて高度なことをしていたシロが、夢中になってオレたちの存在を忘れていたようだ。

『てめー……!!　何してやがる!!』

『わーーごめんなさーい！』

うとうと微睡《まどろ》んでいたところに水をぶっかけられて、金の瞳がカッと見開かれた。がばりと立ち上がったルーのせいで、お湯が一気に引いてつるりとお尻が滑った。

「あぶっ！　もう……急に立ち上がらないでよ」

お湯の中に頭が落ちて、けんけん咳《せ》き込みながら起き上がった。鼻がつーんとする……。

「きゃぅーーん」

腹を立てたルーが放った小型水竜巻に巻き込まれ、シロはぐるぐる回りながら遠ざかっていく。神獣とフェンリルのケンカは派手だなぁ。ひとまずシロは楽しそうだからいいか……。

再びじゃぼんとお湯に浸かったルーの質量で、今度はぐんと体が浮いて、慌てて濡れた黒い毛並みにしがみついた。相変わらず不機嫌そうな瞳が徐々に細くなっていく。それを眺めていると、ふとルーの人型の姿を思い出した。あの時はそれどころじゃなかったし、もう一度見てみたいな。

「ねえルー、人の姿にならないの？」

『……なんでなる必要がある』

うーん必要……？　必要はないけど……あ！

「人の姿になったら、体洗うのも楽ちんじゃないの？」

『……別に。洗う必要なんざないからな』

うそだー、その顔は今気付いたって顔だよ！　お風呂は好きだけど、毛並みをアワアワにされるのが好きじゃないんでしょ？　人の体なら自分で洗えるし、毛皮もないのに。

――ルーはユータに洗ってほしいの。甘えん坊なの。

『!!　てっ……てめぇー!!』

――ルーが怒ったのー！　ラピス悪くないのー!!

訳知り顔でのたまったラピスに、ルーがザッバア！　と怒り心頭でお湯から飛び出した。危険を察知したラピスが、ぴゃっと光の速さで逃げ出した。

突然に変わった水位に、オレは今度こそ完全に巻き込まれてひっくり返った。天高く足がつき上がり、完全に水没した頭がごつんと露天風呂の底に付いた。

『ゆーた、そんな格好したら危ないよ？』

「がほっ！　げほっ!!」

モモのシールドといつの間にか戻っていたシロの助けで、なんとか溺れる前に救出され、オレは涙目で呼吸を整えた。あーひどい目にあった……。

『まったく……風呂ってのは落ち着いて入るもんだぜ？　主はお子様だなぁ』

「ピピッ！」

椀の縁に足を乗せて、ゆうゆうと寛《くつろ》ぐチュー助と、マイペースにのんびりしているティア。

『あーれーーっ！　なんで！　どうしてっ』

なんとなく腹が立ったので、チュー助のお椀を露天風呂に浮かべ、しっかり回しておいた。

『あったかいお湯も気持ちいい！』

水遊びと水竜巻ですっかり冷えたらしいシロが、ルーの代わりにじゃぼんとお湯に浸かって、縁に腰掛けるオレの膝に頭を乗せた。

『ふふ……ゆーたとお風呂』

いつも一緒に入っているのに、今日初めてみたいな顔だ。にこにこしてオレを見つめる水色の瞳に、つられてオレもにっこりする。シロの大きな瞳には空の雲とオレのシルエットが映っていた。鼻はまだ痛いけど、シロのまとう穏やかな気配に、心がふんわりとしてくる。

「楽しいね」

『楽しいね』

相変わらずおじいさんみたいに静かに浸かっているティア、リラックスして平べったく水面に浮かんだモモに、ぐでっとしたチュー助。普段はラキやタクトもいるし、気付けばオレの周りは随分賑やかになったもんだなぁ。

シロといると、なんでもないことが随分幸せだって感じられる。それってすごいことだ。自然と綻ぶ頬をそのままに、オレは煌めく水面を見つめて目を細める。ここにオレがいる幸せ、ラピスがいる幸せ、ルーがいる幸せ……みんながいる幸せ。

遠くで響く派手な破壊音を聞きながら、オレは心も体も完全に無防備になって微笑んだ。

5章　学生枠参加

「――とりゃあーっ……わふっ!?」

『ダメだよ〜、ゆーたはまだ寝てるからね。しーっ、だよ？』

「くっ、ガードが堅いぜ……」

いつものようにシロに包まれて眠っていると、何やら賑やかな声が聞こえる。

「う〜ん……タクト、早いね〜。おはよう〜」

「ラキおはよ！　お前らが遅いんだよ！　よし、ユータはガードが堅いから、次から標的はラキにしよう！」

「やめてってば〜僕にはこの間やったじゃない〜。次はユータでいいよ〜」

どうやら、朝から元気なタクトが遊びに来たらしい。心地いいシロの毛皮にすりすりしてから、うーんと伸びをして目を開けた。

「ふぁ〜、おは……よう？」

「よっ！　ねぼすけ、おはよ！」

『ゆーた、おはよう』

ショボショボしていた目がぱっちりと開いた。

「……タクト、何やってるの？」

『タクトがね～ユータの上に飛ぼうとするから受け止めたの』

シロの頭の上にタクトが乗っかってオレを覗き込んでいる。タクト⁉　まさかオレの上にダイブしようとしたの⁉　それ無理だから！　潰れちゃう！　朝から大惨事だ。

「オレはダメ！　潰れちゃうから‼　ラキにして」

「ちょっとユータ！　あれ本当に口から内臓出そうになるんだから～！」

「だってラキはタクトより大きいから大丈夫でしょ」

「そんなこと言って～！　体重はタクトの方があるから～！」

成長期真っ只中の少年２人は、目に見えて成長著しい。ラキは３人の中で一番背が高いし、タクトはしっかりと男らしい体つきになってきている。やはり地球とは成長度合いが違う。オレは……オレは、大きく男らしくなるにはもうちょっとかかるみたい。

「へへっ、鍛えてるからな！　ユータはちっこいもんな！　お前なら俺の上に飛び乗ってもへっちゃらだぜ？」

むかーっ！　ちょっと先に成長したからって！　オレだって、オレだって鍛えてるもの！

オレは、今度は早起きしてタクトの上に思いっ切りダイブしてやろうと心に決めた。

「それで〜？　朝からどうしたの？　今日はなんの依頼を見つけたの〜？」

大あくびしながらラキが尋ねると、タクトはラキのベッドにごろりと横になった。

「なーんにも！　ちぇ、全然いいのないんだもんな。ニースさんたちも見当たらないし。せっかくの休みなのにさ！」

「それを僕たちで憂さ晴らししないでほしいな〜」

全くだ。タクトは早起きが得意なので、いつも朝からギルドの押しくらまんじゅうに参加して依頼を見に行っているのだけど、オレたちのレベルで選べる依頼にそうそう面白いものなんてない。ブツブツ言いながら着替えるラキに、オレもベッドから飛び降りて支度を済ませた。

「じゃあ、とりあえずピクニック？」

「おう！　美味いもん食いたい！　なあなあ、ちょっと遠くまで行こうぜ！　俺この間結構森の奥まで入ったんだけどさ、魔物の種類も変わって面白かったぞ！」

ちなみにピクニックっていうのは、オレたちの間で依頼を受けずに草原や森を探索して、お外で獲物を食べることを指している。タクトは積極的に空いた時間でソロとして他パーティに入れてもらっているから、結構この辺りのことに詳しくなってきた。まだ若いのに大した腕前だって評判も上々なんだよ。

「へえ〜。素材も普段と違うものが集まりそうだね〜。でも、レベル的にはどうなの〜？　僕たち……えーっと、僕とタクトでも大丈夫そう～？」

「おう！　大丈夫だと思うぞ」

「どうしてオレが入ってないの!?」

「『ユータは大丈夫でしょ』」

2人はむくれたオレのほっぺをつついて笑った。


「――そうだ、これ試作品なんだけど～。感想を聞かせてくれる～？」

森の中を歩きながら、思い出したように差し出されたのは指輪と幅広のブレスレット。指輪はシンプルだけど、ブレスレットは色とりどりの魔石が嵌まっていて、ちょっと派手かも。

「ブレスレットはタクト用、指輪はユータ用だよ。サイズは嵌めてから調整するよ」

「すげー！　すげーけど……俺の派手じゃねえ!?」

「分かってるよ～！　欲しいのはその感想じゃなくて付与魔法の効果を知りたいの～！　タクトは魔法剣使うでしょ～？　だからそれぞれの魔法が増幅できるように各魔石を入れたんだ～。増幅っていってもちょっとだけどね～」

あ、もしかしてこの間渡した魔石から作ったんだろうか。お部屋で何やら作業しながら、魔石があれば～なんてぶつぶつ呟いていたものだから、持っていることを思い出したんだ。拾い集めた魔石のカケラから作った、小指の先ほどの色とりどりな魔石。素材になるかもしれないと、そもそもラキに渡そうと思って忘れていた。ラキは飛び上がらんばかりに喜んでいたっけ。

「ラキすごーい！　この指輪は？」

「ユータのは普通の杖代わりだけど〜、そもそもカモフラージュ用だよ」

おお、杖代わり！　執事さんが使ってるやつだ！　指輪型だと手も自由に使えるし、携帯するのも便利だよね！　でもどうしてカモフラージュなんだろ？

「ユータそもそも杖使わないでしょ〜？　他の人に変に思われるから、これがあったら便利だと思って〜。僕も、ほら〜！」

ラキの指にも指輪が光っていた――ただし、ぎっしりといろんな石が嵌め込まれている。デザインなど二の次でいろんな効果を試してみたいんだろうな……。一方オレの指輪には石がひとつ。だけどもしかして、これ生命魔法の魔石？　珍しい魔石だから入れないようにと思ってたのに、うっかり混ざってたんだね。

「ユータがくれた魔石の中に、珍しい魔石がひとつあったんだ〜！　これ、小さいけどすごく価値があるやつだよ！　確か回復なんかと相性がよくって、ユータっぽい気もしたんだ。だから、ユータのはそれにしたんだよ〜」

「そうなの？　ありがとう！」

オレの魔力の結晶みたいなものだもの、そりゃあオレっぽいのかもしれない。それはとてもしっくりとオレに馴染《なじ》んで心地よく、魔力を通すときらきらと朝露のように煌めいた。

「あ、2人ともいいな～。ラキ、俺にも指輪作って！」

「え？　いいけど～タクト魔力操作下手でしょ？　だからブレスレットにしたんだけど～？　指輪の方が操作難しいよ～？」

「うっ、じゃあ飾りでいいから俺も！　なんかいいじゃん、パーティの証《あかし》みたいなやつ」

最終的にはパーティでお揃いの何かを作ろうねって言ってたんだけど、この分だと指輪になりそうかな？


道すがら採取と狩りをしつつ森の奥へ向かうと、なるほど魔物の種類が変わってきた。森の辺縁部では小型で逃げていく魔物が多かったけれど、徐々に襲いかかってくるタイプが増えてきた。

「向こうから来てくれると楽だな！」

タクトはまだ余裕のようだ。途中、ブレスレットの効果を試したいと、無駄に炎の剣を使ってせっかくの獲物を焼き払ったりしたけど、特にトラブルもなく順調だ。そろそろ遠方や少し難易度が上がるところへも行くべきかもしれないね。

「あ、人がいるから気を付けてね」

どうやらソロの冒険者らしい。何かを探しながら歩いているようだ。

「こんにち……あれ？　シーリアさん？　どうしたの？」

藪を掻き分けて現れたのは、ベージュのポニーテールに日焼けした肌、ハイカリクの幻獣《げんじゅう》店店長シーリアさんだ。肩にルルは乗っているけど、森の中で1人って危なくないんだろうか？

「お、シロたちの主人だな！　君こそどうした？」

シーリアさん……オレの名前も呼んでね？　召喚獣の名前で覚えてるでしょ！

「オレたちは冒険者だから探索してるんだよ！　シーリアさんは？」

「私はもちろん素材集めさ！　言ったろ？　ちょっとしたアクセなんかは作れるって」

『素材、なにが必要？　あのね、今度はシロがプレゼントする！』

オレの中でそわそわしたシロの声が響いた。そっか、前にシロ用のブレスレットを買う時、プレゼントだって半額にしてくれたもんね。

「シーリアさんは何の素材を集めてるの？　シロがこの前のお礼に手伝うって言ってるよ？」

「おや、本当かい？　シロの鼻があったら助かるなあ！」

シーリアさんは、嬉しそうににかっと笑った。

「シロ、出てきて大丈夫だよ」

『うん！　わーい』

「シロちゃぁ～ん！　もっふもふだねぇ！　会いたかったよぉ～～!!」

召喚を装って飛び出してきたシロに、きりっとしていたシーリアさんが途端にデレッとした。

そんなにすりすりしていたら、ほら……ルルがヤキモチ妬いてるよ？

「シーリアさんは何探してるの～？　1人だと危なくない～？」

「お、加工師のラキくんだな！　えっとそっちの元気くんはなんて言ったっけ……？　私は1人じゃないよ、従魔術士だからね……おーい！」

タクトがガックリするのを気にも留めず声を上げると、近くにいた魔物の気配が近づいてくる。あれシーリアさんの従魔だったんだ！　結構なスピードで駆けつけた魔物は、2本のツノを持った茶色い馬っぽい生き物だ。

「あ！　最初にお店に行った時、見かけた子だ！　えっと……バイコーン！」

「おや、見たことあったかい？　大きいしまあまあ強い魔物だからさ、普段は裏にいるんだけどね。うん、バイコーンのライラだよ」

ライラはがさがさと足を踏みならしていないないた。さすが魔物と言うべきか、2本のツノはなかなかに攻撃的なフォルムで猛々しい。

「すごい～シーリアさんって強いんだね～！　バイコーンの従魔ってはじめて見た～！」

「はは、曲がりなりにもBランクってやつだからな」

ちょっと胸を張ったシーリアさんは、ほんの少し寂しそうに見えた。

「Bランク!!　すげえ！　姉ちゃんBランクなのか！　他には？　他には従魔いねえの？」

「他はこのルルと、あと何匹か店にいるけど、この森ならライラとルルがいれば大丈夫さ！」

肩に乗ったルルが、ピシッと得意げに手を挙げた。

「そうなの？　バイコーンは強そうだけど、ルルは何をしてるの？」

「ルルは見張りさ！　弱い生き物だからこそ、いち早く逃げるために危険察知能力が高いんだ。なかなか優秀な見張りさんだよ」

「クイクィ～！」

ルルは嬉しそうに鳴くと、右に左にシーリアさんの肩を駆け回った。

「それで、本当に探してくれるのかい？　君らも目的があって来たんだろう？」

オレたちは少し気まずく視線を交わした。言えない……ピクニックに来たなんて。

「え、えーと……そう、もう用事は済んだから探検してただけなんだ！　大丈夫！」

「なんとも逞しいねえ！　本当に冒険だ！　元気でいいけど、危険も多い、気を付けてな？」

シーリアさんはラピスのことを知っているし、薄々シロの正体にも気付いているのかもしれない。ちらっとオレに視線をやって、大きな瞳でぱちんっとウインクしてみせた。

「それじゃ、一緒に探してくれるかい？　シロがいると頼もしい。こいつなんだ……」

シーリアさんが袋から取り出したのは、きれいな色の――虫？　コガネムシみたいだ。

「あ！　オドーラだ～この辺りにいるの～⁉」

「そうさ、ラキくんも探すかい？」

「うんっ！　一緒に探してもいい～？」

「そりゃいいともさ！　むしろ私が一緒に探してもらうんだから！」

どうやらこのオドーラって虫は、装飾品に使えるらしい。俄然張り切り出したラキは、うきうきと周囲を探し始めた。

「これ、シロが見つけられるかな？　普通の虫だよね……？」

『ゆーた、普通じゃないよ！　変な甘い香りがするよ！　すぐ分かるから大丈夫！』

「甘い香り？　そう……かな？　うーん言われてみれば？」

「お、やっぱりシロちゃんだ！　オドーラはさ、成熟すると独特の匂いがするんだ。だから鼻のいい子は探しやすいんだよ。ライラとルルに警戒してもらうから、私たちで探そうか！」

『任せて！　ついてきて！』

ウォウッ！　と吠《ほ》えたシロが、さっそく鼻先を石の下に突っ込んだ。

「あ、ホントだ！　シロすごいね」

石の下には、果たしてオドーラがじっと隠れていた。オドーラは魔物じゃないし大人しいので、見つけさえすれば簡単に捕獲《ほかく》できる。

あちこち飛び回っては知らせてくれるシロに、むしろオレたちが追いつかない。この狭い範囲にこんなにいたのかと思うほど、出るわ出るわ……瞬く間にオドーラ祭りになってしまった。

「よしよし、シロありがとう、十分だよ。頼りになるなあ～」

「これだけあれば～……使い放題～！」

ホクホク顔の2人に、ぶんぶんしっぽを振ったシロも嬉しそうににっこりした。

「よし、帰るか。君たち、シーリアさんが送ってあげよう！　置いていくのはちょっと心配だ」

Bランク冒険者に付き添ってもらえるなんて贅沢《ぜいたく》な話だ。本当はもう少し探索していきたかったけど、大人しく帰ることにした。ラキが素材を使いたくてウズウズしているし。今日はお外は諦めて、秘密基地でごはんにしようかな。

『おいしい、ごはん』

蘇芳がわくわくしているのが伝わる。そうだ、蘇芳のこと、この機会に相談しておこうかな。

「シーリアさん、あのね、またちょっと珍しい召喚獣がいるの。目印の相談してもいい？」

「おや、また増えたのかい？　ユータくんは本当に優秀だなあ。ぜひともこの目で見たい！」

そわそわと落ち着かなくなったシーリアさんにくすっと笑うと、蘇芳を呼び出した。

『スオー。よろしく』

「ひゃ……か、カーバンクルっ⁉　かわっ、かわわわっ」

頬を染めて乙女の顔になったシーリアさんは、あわあわと口元に握り拳をあてがって、まるで大好きな先輩に突然出くわした女子高生だ。

「蘇芳って言うの。かわいいでしょう？」

激しく頷くシーリアさんの後頭部でポニーテールが乱舞している。真っ赤な顔で無言になってしまったので、スッと蘇芳を差し出した。抱っこしていればそのうち慣れて落ち着くだろう。

「ほわわわわ……かわわわ……！」

……かなり時間はかかりそうだけど。

『スオー、お飾りほしい』

「ひぇっ⁉　しゃべっ――⁉」

痺れを切らした蘇芳が、シーリアさんを見上げて言った。あれ？　蘇芳念話できるの？

『スオー、できる』

どうやら、できるけど普段は必要ないからしない、だそうで……。オレ以外とも仲良くなっていけば、もっといろんな人とお話ししてくれるだろうか。

「そ、そそそんな大事なものを私に相談⁉　な、何がいいかなっ⁉　ええと、えっと、ツノに付けるアクセとか結構流行《はや》っててぇー」

「シーリアさん、蘇芳ツノないよ……」

カーバンクルとお話しできることに舞い上がったシーリアさんは、はわはわするばっかりで使い物にならなくなってしまった。仕方ない。今度、落ち着いた頃にお店に行こう……。

――オーケー、標的は夢の中、なの！　おーるくりあ！

オレはほくそ笑みながら、とある部屋に侵入した。部屋の住人は1人を除いて出払っている
ことを確認済みだ……邪魔者はいない。よし、標的を目視で確認！　これより作戦に移る！

――らじゃ！　成功を祈るの！

そろり、そろり。忍び足で近づいて、ここぞとばかりに一気に飛びかかった。

「!!　おわっ!?」

よし、作戦成功、と思った瞬間、ガシッと強い腕がオレの体を支え、思わず瞬いた。

「――って……ユータじゃん。ふあぁ～珍しく早くねえ？　何してんだよ」

タクトの上に着地寸前、見事なまでにキャッチされ、反動で足がぶらんぶらんと揺れた。

「……どうして分かったの……」

無念……。諸君――作戦、失敗……。繰り返す、作戦は……失敗だ。

「どうしてってお前。なんとなくだよ！　……なんでそんな怒ってんだよ。はは、そのほっぺた、何が入ってんだ？」

タクトはオレを空中で支えたまま、ひょいと起き上がってにやっと笑った。なんだか少し、カロルス様みたいな顔。オレができない、あの顔だ。

「へへっ、まだまだガキだな。オレにイタズラするなんて10年早いぜ？」

くしゃくしゃ！　とオレの頭を掻き混ぜて笑うタクトに、オレはますますむくれたのだった。

◆◇◆◇◆

「みんなみんなー！　最近冒険者界隈で、みんなのこと話題になってるんだよ！　すっごいよね⁉　この学年は優秀だって！　もーっ、先生鼻が高いったら‼」

教室にルンルンでやってきたメリーメリー先生が、小さな体でめいっぱい喜びを表現している。

確かに、ギルドに行ってもクラスメイトたちと顔を合わせることが結構あるし、大抵上のランクのパーティに入れてもらっていたりする。それはやはり実力を認められてのことだろう。まだ7歳なのに立派に働いていて、本当に偉い。日本の7歳とは随分色々と違うけれど。

「それでねっ！　将来冒険者として活動する人限定なんだけど、ギルドも学生を育てるのに意欲的になってくれてるの！　複数パーティで参加する依頼に、学生枠を組んでくれるって！ただ、勉強を兼ねてるから、もらえるお金は少ないんだけど……」

複数パーティでの依頼は、商隊の護衛とか大物の討伐なんかが多くて、実入りがいいし責任も分散されるから人気の高い依頼なんだよ。ギルド側としても、パーティが複数いるなら学生のカバーもできるし、安全も確保しやすいってことかな。

すごく勉強になるいい機会だと思うんだけど、色めき立っていたみんなは、「もらえる額」の詳細を聞いて、かなりトーンダウンしている。うーん、将来冒険者を目指す子は、余裕のない家庭が多いから……それなら普通に稼ごうって思うのかもね。見習い期間はお給料なしってところもあるんだから、もらえるだけいいかなって思ったんだけど。

「――で、希望者はあとで先生のところに来てねっ！　あ、絶対行けるわけじゃないよ？　依頼と君たちの実力を見て、先生が行ってもいいかどうか判断するからねっ！」

「なあ！　早く行こうぜ！」

休憩時間になった途端、ばん！　とオレの机に手を着いたタクトは、目をきらきらさせてオレたちを急かした。そうだろうね……タクトはノリノリだと思ったよ。

「行くこと決定なんだね～」

「当たり前じゃん！　お前らちゃんと聞いてた⁉　いいか、『これはとても貴重な機会だから、依頼の間は授業が免除される』って‼　そう言ってたろ⁉」

「そんなこと言ってたっけ？　タクト珍しくしっかり聞いてたんだね！」

ただ、授業が免除されても勉強しておかないと、試験をクリアできないと思うけど……。タクトはビシリ！　とオレたちに指を突きつけて熱弁を振るう。

「そんな大事なとこ聞き漏《も》らす方がどうかしてるぜ！　いいか、これは金に換えられない価値がある貴重な機会だ！　そうだろ？」

「そっか、そうだね。オレも絶対将来役に立つと思う。確かに、経験ってお金に換えられない価値があるもの！」

珍しくまともなことを言うタクトに、つい感心して膝を打った。

「そうだね～授業がなくなる貴重な機会だもんね～」

ラキの胡乱《うろん》げな瞳に、タクトが視線を彷徨《さまよ》わせた。タクト？　オレ、信じたのに……。

「やっぱり君たちは来てくれると思ったんだ！　先生嬉しい！　うんうん、提示されてる依頼なら君たちが参加できないものはないよ！　先生が行くよりきっと役に立つから！」

「本当～？　それで、どんな依頼があるの～？　僕たち、選べるんですか～？」

「うん、みんなあんまり来てくれないから、結構色々残ってるよ！　どれがいい？　先生はこの護衛がオススメだなぁ～危険が少なくて、その上に勉強の機会は多いよ！」

タクトはきっと討伐がいいのだろうけど、他をちょっと覗き込んで興味を失ったようだ。

「複数ったって……ゴブリンの集落とかじゃつまんねえもん。ゴブリンしかいねえじゃん」

そうなのだ。さすがに危険度の高い討伐には参加させられないってことで、ゴブリンやせいぜい似たレベルの魔物討伐しかない。数が多かったり生息地を探すために、複数パーティが必要ってことみたいだ。

「じゃあ、護衛でいいね～？　えっと5日後からで結構期間が長いけど、タクト大丈夫～？」

「おう！　一番長いやつにしようぜ！　大丈夫大丈夫！」

それ、絶対大丈夫じゃないでしょ……そんなオレたちの視線をものともせずに、タクトは一番期間の長い依頼を提出した。仕方ない、道中は教科書類一式持参だね。

「君たちなら先生なんにも心配してないんだけど、でもでも、油断はドラゴンだからね、十分に気を付けるんだよ？　何より強敵なのはドラゴンなんだから！」

えっと、油断大敵ってことかな。確かに油断っていうのはドラゴンよりも恐ろしい強敵だ。

「そりゃそうだよな、ドラゴンは強敵だぞ！」

「先生～何より怖い敵は『油断』だから、って言わなきゃ～」

だ、大丈夫、先生そんな落ち込まないで！　ちゃんと伝わったから！

「ねえねえ、何を準備したらいいかな!?　テントでしょ、寝袋でしょ、食料でしょ、あとタオルもたくさんいるよね、図鑑もいるし食器とお鍋に……お布団はどうする？　馬車用のクッションもいるよね？　あ、いけない、魔物図鑑と植物図鑑と……あとどの本が必要？」

「あ！　ユータなんで教科書入れるんだよ！　いらねーって！」

「ちょっとユータ！　なんでもかんでも入れないでよ～！　高性能収納は狙われやすいから、大きなカバンに入るぐらいのものにして～！　あと教科書はいるから～」

前日は3人で大騒ぎだ。とりあえず持っていけば困ることはないと思うんだけど。でも取り出すのは気を付けないといけない。お布団は却下されてしまった。馬車用クッションも……。

「ねえ、帰りは好きにしていいんでしょう？　楽しみだね！」

「ちょっと遠いから心配だけどね～！　行きで大丈夫そうなら、帰りは馬車の護衛とかやってみる？　乗合馬車の護衛なら僕たちでもできるからさ～」

「海も近いんだろ？　何して遊ぶ？」

今回受けた依頼は、北東にある港町までの護衛だ。ごく小規模の商隊で買い付けに行くらしい。商隊は港町にしばらく滞在するので、オレたちは往路の護衛のみとなる。

いよいよ明日に迫った護衛依頼に、オレたちはそわそわして落ち着かない。どうしよう、明日早いのに眠れそうにないよ……。

「おーい、おいって、ねぼすけさんよ、今日は大事な日だって言ってなかったっけ？」

ほっぺをぷにぷにされて目を覚ますと、同室のアレックスさんだ。朝にアレックスさんと会うのは珍しい。いつも依頼を取りに行ってるから——って、依頼!?

一気に目が覚めてがばっと起き上がると、アレックスさんが苦笑した。

「だーいじょうぶ大丈夫、まだアレックスさんがいる時間だ。ちゃんと起こしてあげたでしょ？」

「び、びっくりした……アレックスさんありがとう！　目覚ましお願いしといてよかった……」

「テンチョーに怒られるぞ～！　きちんと起きるのも冒険者の仕事だ！　って言うからな」

それは間違いなく正論です……。オレはどうも朝の早起きが苦手で、いつも誰かに起こされている。もう少し大きくなったら、きっと起きられると思うんだけど。

「ユータ、忘れ物ない？　ちゃんと椅子とテーブルは収納から出しておいた～？」

ラキ、それって忘れ物って言うの？　大丈夫、椅子もテーブルもテーブルクロスもちゃんと出しておいたよ！　お布団も……全部は持っていってないよ。

「っはよー！　起きたか!?　行くぞーー!!」

タクトが満面の笑みでバーンと扉を開けて飛び込んできた。頑丈な扉が激しく跳ね返って騒がしいことこの上ない。テンチョーさんがいたら背中に氷の刑になるところだよ。

「頑張ってな！　気を付けるんだぞ～！」

ニッと笑ったアレックスさんは、ぽんぽんぽんとオレたち3人の頭に手を置いて送り出してくれた。

言いつけ通り右肩に目印のバッジを付け、門の前でソワソワしていると、これから依頼に出るのであろう冒険者たちが続々と集まってくる。門の前はよく集合場所に使われるので、ちょっとした人だかりになっていた。魔法使い然とした細身の冒険者、装備を最低限に抑えた動きやすそうな冒険者。そしてジロリ、と見下ろすのはオレの3倍はゆうにある、いかつい冒険者。うわあ、みんなカッコイイ！　なんでだろう、ギルドでいつも見かけるのはもっと……チンピラっぽい気がするのに。

「やっぱり違うね～僕たちもこういう貫禄《かんろく》が出てくるといいよね～！」

「なんだかいつもの冒険者よりカッコイイ気がするね！　どうしてかな？」

「みんなランクが高いんだろ。普段俺らと一緒にいるのは毛の生えた素人《しろうと》だぜ！」

なるほど！　複数依頼、特に護衛なんかは大抵Dランクより上の設定だからか。それとタクト、『素人に毛の生えた程度』かな。
「依頼者さんが来るまでもう少しかかるかな～？　みんな、ちゃんと挨拶しようね～！　タクトは挨拶以外しないでね～」

「おう！　手はず通りだな！」

……タクトはそれでいいんだ。自分をよく分かっているタクトに、つい生ぬるい笑みを浮かべた。

今のうちに腹ごしらえしておこうと、オレたちは道の脇に座り込んでおにぎりを取り出した。ちょっとした合間に口にできるよう一口サイズにしたそれを、ちびちびと食べる。

「ぼうず、こんなとこで何――あ、あれ？」

ヒョイと気さくに顔を覗き込んできたのは、まだ若い男性冒険者さんだ。

「ちょっとセージ、怖がっちゃうから子どもに近づいちゃダメって……あーーっ!?」

ボブヘアを揺らして駆け寄ってきた女性が、オレを指して大声を上げた。あれ？　この人たち、見たことあるような……？

「あの時の黒髪の子じゃん！　本当にこっちに来てたんだな！　ここで何してんだ？」

「きゃー！　ちょっと大きくなってる!?　私、オリーブよ。覚えてるかな～？　君のお父さんやお兄さんたちに助けてもらったオリーブだよ！　こっちはセージ！　あの時は本当にありがとうね、会えて嬉しいわ！」

もしかして、ゴブリンイーターの時の‼　オレは思わぬ再会に目を見開いた。

「オレも会えて嬉しい！　オレね、冒険者になったんだ。今日も依頼に参加するの」

「ほえ〜！　もう仮登録したのか？　すっげーな！　さすがにカロルス様の子だよなー！」

「ううん、もうFランクだよ！　えっとオレ、カロルス様の血を引いてはいないよ？」

オリーブさんに後ろから小突かれて、セージさんがばつの悪そうな顔をした。

「そっか……悪いこと聞いたな、でも、うん！　やっぱすげーよ！」

何か勘違いされているような気もするけど、まあいいか。ぴょんと立ち上がってお尻をぽんぽんしていると、サッと両脇に手が差し込まれた。

「わっ⁉　な、なに⁉」

「リーダーに見せに行こうぜ！」

「ちょっと！　乱暴‼」

コインかボールのようにぽーんと空中へ跳ね上げられて、バシッとキャッチ。オレは珍しい虫を捕まえた小学生みたいなノリで連れ去られた。


「……すまんな」

「う、ううん！　オレも嬉しかったから！　大丈夫！」

ひゃっほう！　とパーティに戻ったセージさんは、リーダーのウッドさんから特大のげんこつをもらって悶《もだ》えている。だ、大丈夫だよ、乱暴な扱いはカロルス様で慣れてるから！

「それで、もうFランクだって？　それはすごい。私たちも精進したんだけどねえ、君の前じゃかすんでしまうな」

穏やかに微笑んだのはディルさん。彼ら『黄金の大地』のパーティは、元々リーダーのウッドさんがCランクで、あとはDランクだったけど、どうやらみんなCランクになったそう。

「私、あのあと頑張ったの。だってやっぱりちっちゃな子に守られて震えているのは悔しかったから。今度は私が誰かを守れるようになるって思ったのよ」

微笑んだオリーブさんに、あの時の笑顔が重なる。努力した者だけが持ち得る、芯を持った素敵な笑顔だ。

「……招集だ。またな」

遠くで呼びかける声が聞こえ、ウッドさんがごつい手でオレの頭をポン、として歩き出した。オレたちも呼ばれているかもしれない。そろそろ戻らなきゃ！

「「おはようございます、どうぞよろしくお願いいたします」」

「ほう、幼い子どもと聞いてはいましたが、本当に幼い。まあ、礼儀がなっているなら私は構いません。ただし、疲れたとか、帰るなんて言い出しても配慮しませんよ」

「はい。少しでもお役に立てるようにします」

依頼者の商人さんは、少し厳しい目でオレたちを見やったけど、一応の合格はもらえたようだ。ラキ、いつものゆったり口調が出ないよう、練習した甲斐《かい》があったね！

「「「あれぇ？」」」

オレたちは招集先で再び『黄金の大地』と顔を合わせ、お互いにきょとんとしてしまう。もしかして同じ依頼だったのかな。困惑顔の『黄金の大地』に説明する間もなく、商人さんが今回の依頼について話し出した。

集まっているのはおそらくオレたちを除けば3パーティ。やはり『黄金の大地』のメンバーも同じ依頼のようだ。

「――では皆さん、よろしくお願いしますよ。今回は3パーティと……もう1組、学生パーティが参加していますので、よろしく頼みます」

「学生ぇ？　どういうこった？」

「ギルドの新たな試みらしくてね。まあ社会勉強のようなものでしょう。我らも見習いを連れていますからなぁ、事情は汲《く》むつもりですよ。ああ、文句ならギルドへ言って下さいよ？」

不満そうな冒険者は、ギロリとオレたちを睨みつけて押し黙った。

「君たち、本当にこの依頼に同行するのか？　危険がないとは言えないよ？　相当な距離を歩くし、拘束時間も長い。学校もギルドも何を考えているんだ……」

困惑顔のディルさんに、他のメンバーも一様に困り顔だ。こうなるであろうことは予想済みなので、オレたちも迷惑をかけないようにすると説明するほかない。実際にどうかなんて、終わってみないと分からないことだもの。

「お前ら知り合いかよ！　じゃあお前らが面倒見ろよ！　俺たちに迷惑かけないでくれ！」

さっきの冒険者が忌々《いまいま》しげに言うと、セージさんたちがスッとオレたちの前に立った。

「迷惑かけるのはどっちかしら。この子、ものすごい度胸あるのよ。迷惑になるとは思わないわ」

「おうおう、任せろよ。頼まれても関わらせないぜ！　俺たちのとこにずっといろよ！」

セージさんは子ども好きらしい。子どもからはあまり好かれないそうだけど。

「ちょっと……、Cランクの人たちよ。もういいでしょ。ごめんなさいね、血の気が多くって。よろしくお願いするわ、私たちはDランクパーティの『ファイアーストーム』よ。それにしてもこんな小さな子たち、危ないよりも先に道中に耐えられるのかしら」

「だよな、ま、面倒見てくれんならいいさ。僕たちとしちゃキレーなお姉さんたちと一緒だから嬉しいぜ！　僕らはDランクの『女神の剣』だ。ところで君ら、食料や寝床なんか用意してんの？　まさかそういう面倒まで見ろって感じ？　夜中に泣いたりしないよな？」

「ふふ、大丈夫です！　オレたちだけで野営もしてるので。一応、Ｆランクです」

そんなに赤ちゃんじゃないと思わず笑ってしまったけど、２組のパーティはＦランクと聞いて少し驚いたようだった。文句を言った男性と女性２人のパーティ『ファイアーストーム』と、どことなく軟派《なんぱ》な印象の男性４人パーティ『女神の剣』だね。なかなかの大所帯な気がするけど、馬車も３台あるから、これでも結構ギリギリの人数のようだ。

そして当たり前だけど、学生が参加することを歓迎している人はいない。

「依頼主の決めたことだ。俺たちがとやかく言うことではない。配置の相談をする」

結局、ウッドさんの言葉に誰もが口をつぐむしかなかった。

「俺ら迷惑なんてかけねーっての」

「タクト、ちゃんとガマンできて偉い～！」

進み出した馬車について歩き出すと、タクトが不満そうに漏らした。だけど、無理もないことだと理解はしているので、怒り出したりしない。オレとラキはイイコイイコと盛大にタクトを撫でた。なんだかんだ、いきなり不満を口にしたあの男性よりもよっぽど大人だ。

「ユータ心配すんなよ、今度は俺たちが守るからさ！　ほら、おぶってやろうか？」

「セージさん、オレたちも冒険者だから大丈夫。戦闘もできるよ？」

「どの程度助けがいる？　何を学びたい？　命の恩があるんだ、できることならなんでもしよう」

真摯《しんし》にあの時の約束を果たそうとするウッドさんに、にっこり笑った。

「護衛の依頼も、複数パーティの依頼も受けたことがないから、ここに参加できるだけで十分な経験になります。助けは……必要だったら、ウッドさんたちに声をかけてもいい？」

「承知した」

「ウッド、大丈夫かい？　戦闘も参加させるってこと？」

「Fランクなんだ、ある程度の経験はあるはずだ。できうる限りの経験をさせてやりたい」

ウッドさん……ありがとう。冒険者ランクっていうのは本当に大事だ。

「戦闘するなら知っておかないと。みんな武器は何？　ちなみに私は細剣と弓、セージは槍《やり》、ディルは魔法、リーダーは戦斧《せんぷ》よ」

「えーと……」

どこまで言ったらいい？　ちらっとラキに目をやると、ラキが代わりに口を開いた。

「僕が加工師の魔法使いで、タクトが長剣と魔法剣です～。ユータは――魔法と短剣と回復と召喚です～」

言った途端に周囲の時の流れが止まった。言わない方がよかったんだろうか。でもギルド登録だってそう記載してあるもの。

「い、いやいや……欲張りすぎだっての！　あはは！」

一瞬の静寂のあと、セージさんが大笑いして、オリーブさんたちが顔を見合わせた。

「本当だぜ！　ユータは1人パーティだ！　すげーだろ！　俺も魔法剣使えるんだぜ！」

大人しくしている限界が来たらしい。タクトが嬉しそうに割って入った。

「あはは、じゃあ何か見せてくれよ！　ユータの実際に使えるレベルなのはどれなんだ？」

「あのね、一番得意なものは？　私たちも把握しておかないと困っちゃうの」

「だからユータはどれも使えるって！　ユータ、シロ出して！」

『いいの？　わーい！』

あっ⁉　出たくてうずうずしていたシロが、待ってましたと飛び出してしまった。

「うわっ⁉　なんだ？　す、すげえ……どうやって召喚したんだ⁉」

「えっと、いつも召喚陣を服の中に縫《ぬ》い込んでるの！　そ、それで召喚できるんだ」

オレの召喚獣たちは結構好き勝手に飛び出してくるので、万が一飛び出すのが見つかった時用にとみんなで考えた言い訳《最後の切り札》だ。さっそく使ってしまった……。

『遠くまでお散歩！　うれしいね～！』

「……犬、じゃないな？」

ぎくぅっ⁉　走り回るシロを見て、ウッドさんが低く呟いた。やっぱり分かっちゃうのかな。

ウッドさんなら吹聴《ふいちょう》はしないと思うけれど。

「あとはこれだぜ！　ユータ、冷たくて美味い水！」

氷のコップにちょっぴり生命魔法入りのお水は、タクトの訓練で欠かせないアイテムだ。

「きっ、器用‼　氷がコップになってる！　魔法ってこんなことできるの⁉」

なぜか得意げなタクトに、オリーブさんが目をきらきらさせて氷のコップを見つめた。

「——本当に。いや、参ったね。学校が薦《すす》めるわけだ。これならそこらの大人よりよほど役に立つだろう。こんな小さいのに冒険者なんておかしいと思ったけれど、Ｆランクも頷けるよ」

「こんなにすごいなんて……ひとまず、ラキ君とユータ君は後衛ってことでいいのね？」

「ううん～、僕は後衛だけどユータは前衛だよ～」

「なんでだよっ⁉　召喚士で魔法使いなんだろ？」

セージさんがつんのめってツッコミを入れる。

「そうだけど、オレ短剣も使うから！　魔法より短剣の方が使いやすいよ」

「うーん、もし戦闘があったら見てもらう方が早いよ～」

『黄金の大地』メンバーは、首を捻りつつ、とりあえず思ったより戦闘に問題はなさそうだと納得してくれたようだ。

「複数で護衛する時は、こんな風にパーティで分かれて担当するの。大体1パーティは馬車の中で体力温存ってパターンが多いかな」

オレたちは『黄金の大地』が面倒を見てくれるってことで、セットで扱われている。今は馬車の前方を『ファイアーストーム』、後方をオレたちが護衛して歩いている。

「ずっとこうやって歩いていくの？　時間かかるね」

「そういう時もあるけど、あんまりトロトロしてたらかえって襲われるからな、この人数なら多分途中で馬車に乗り込むことになると思うぜ」

門の付近は人通りも多くごった返していたけど、街道に沿って歩くにつれ、人はまばらになっていった。ヤクス村とはほぼ逆方向に向かっているので、移ろう景色が目新しい。

『ゆーたー！　見て見て！　今日は唐揚げ～？』

嬉しそうに走り回っていたシロの姿が見えなくなったと思っていたら、大きな獲物を咥《くわ》えて戻ってきた。

「わ、シロなにそれ？」

『知らないよ～！　でも美味しそうな鳥さん！』

確かにまるまるとよく肥えた、柴犬ほどもありそうな七面鳥？　足が4本あるけど、鳥??

「おわっ！　ユータそれ狩ったのか？　ドーガーじゃん！　しかもいいサイズ！　それ美味い

けど、足が速いし麻痺《まひ》毒持ってるしで結構厄介なんだぞ、その犬強いな！」

「うん、シロはとっても強いよ！　美味しいんだったら、お昼ごはんの時に食べよっか？」

タクトとラキの歓声が上がった。ただ、お昼休憩にどのくらい時間が取れるか分からないし、今できる下準備はしておいた方がいいだろう。タクトの剣にドーガーをぶら下げ、袋の中で血抜きをしつつ歩く。相当重いだろうに、タクトは力持ちだ。

「そろそろいいみたい。モモ、お願い！」

『おっけー。美味しそうね、いただきまーす』

血抜きを済ませたら、モモの出番だ。モモは美味しいものが好きだけど、スライムの特性上、お料理じゃなくても色々と美味しくいただけるそうで……。

「わ、このスライムかわいい～！　これもユータ君の召喚獣なのね？」

「えっ？　スライムにあげちまうのか？　この上物の鳥を!?」

「そう、モモはオレの召喚獣なんだけど、見てて！　とっても賢いから」

2人が見守る中、シロの背中に乗せたドーガーを、端からゆっくりとモモが包んでいく。

「お……？　おお!?」

「えーっ！　便利!!」

そう、モモが包んだ部分は、羽根がきれいサッパリ消えていくんだ。手でむしるのって結構大変で、いつも苦労してたんだ。だけど、素材としていらないなら私が食べちゃうけど？　ってモモが担当してくれることになったんだ。モモが羽根むしりをしてくれると、本当にきれいにつるりんと処理されるのですごく助かっている。ほどなくしてピカピカの丸鶏みたいになったドーガーに、モモもご満悦のようだ。ここからはオレの役目。滅菌《めっきん》の魔法も発動させ、準備は万端！

「ユータ、いいか？」

「うん！　タクトお願い。チュー助、シロ、いくよっ！」

『お任せっ！』

「ウォウッ！」

タクトがドーガーを空中へ放り投げると、それを追ってオレも飛び上がる。チュー助の力も借りつつ、素早く空中解体！　スタッと着地と同時にシャキーンのポーズ！

『はいっ！　ほいっ！　はいっ！』

そして、落ちてくるお肉は、頭にお皿を載《の》せたシロが器用に受け止めていく。

「は……ははは。参った……」

ずっと黙っていたウッドさんが突然笑った。思わずビクッとしたのはオレだけじゃない。ウッドさんが笑っているの、初めて見たよ。

「これは……侮っていましたよ。いやもう十分にあなたたちは冒険者のようだ」

苦笑したディルさんは、なぜか握手を求めてきた。セージさんとオリーブさんはぽかーんと口を開けている。どうやらオレたちが普通に冒険者をしていることを信じていなかったようだ。

「普通、ではないかな～。僕、そのへんちゃんと自覚あるから～」

ラキがオレの心の声に返事をした。もしやオレの考えてることって、何もかもお見通しなんだろうか……。

しばらく街道を歩いたあと、護衛組は分かれて馬車に乗り込んだ。オレたちは『黄金の大地』メンバーと共に3台目の荷台に乗っている。荷台はしっかり幌《ほろ》で囲われていて薄暗いし狭かったけど、歩いているよりはずっと楽だ。一応警戒要員として、幌の外、荷台の後ろ側にウッドさんが陣取っていた。商人さんは主に真ん中の馬車に乗り込んでいるようだ。

「さ、タクト、勉強の時間だよ～」

「おえぇ～ホントにやるの？　マジで⁉」

にこやかなラキの台詞に、タクトが大げさに後ずさった。

「だってすることないでしょ？　嫌なことは先にやっておいたらあとで楽だよ？」

「あとでやって嫌なことは今やるのも嫌なんだよ‼」

うむ、それは確かに真理だ。だけどそれなら今やっても同じだよ。

「だってこんな何もないとこで何するって――」

「はい、ちゃんと教科書持ってきたよ！」

「やる場所もな――」

「はい、机～！　ちゃんとタクトの座った高さに合わせたよ～！」

「こんなうす暗――」

「はい、ライト！　明るさ調整するからいくらでも言って！」

「…………」

「ははは、退路は最初からなかったようだね。それにしても魔法をこんなに日常的に使えるなんて、相当な努力の賜《たまもの》だね。ほら、君は諦めて頑張ろう？」

ディルさんは、無言で机の上に突っ伏すタクトの肩を叩いた。

6章　タカラオシエ

「――ああ、陽の光だ……。動かない大地だ。……俺は、俺は解放されたのか……？」

お日様が真上に昇ろうとする頃、荷台からまろび出た人影が大地を踏みしめて倒れ込んだ。

「タクト、大げさだよ～」

「お、お前らさぁ、かわいい顔して結構鬼だよな」

「な、なかなか厳しいのね。だからそんなに強くなったのかしら……？」

『黄金の大地』メンバーがちょっと引いている。2人で丁寧に付きっきりで教えたし、乗り物酔いし出したタクトのために、こまめに回復してあげた。むしろ至れり尽くせりじゃない？

「は、はは……終わりなき絶望、だね」

ディルさんまでそんなことを言う……。

「あーもうひどい目にあった。ユータ、絶対美味いもん作ってくれよ！　俺限界まで消耗した！」

地面に大の字になってバタバタする姿は、正に俺のイメージする年相応の子どもだ。

「頑張ったもんね！　いいよ、唐揚げがいいんでしょ？」

ドーガーは大きいからたっぷり作れるね！　皆さんにお裾《すそ》分けできるようたくさん作ろう。

いつものキッチンセットを出したら驚かれるだろうから、小さな台を作って調理台にする。

「焼き台おっけ〜！　揚げ鍋おっけ〜！」

「薪到着ーー！」

ラキがかまどやバーベキュー台を作った頃、タクトが割と大きな倒木を担いで戻ってきた。

「風の剣、いくぜっ！」

タクトはあれほど重そうだった長剣を、嘘のように扱えるようになっている。倒木はあっという間に薪へと刻まれた。どう考えても子どもの力じゃないけれど、それを言ったらマリーさんたちだって見た目との差が激しい。もしかしてこれも魔法なんだろうか。

「薪はこのくらいでいいか？　ラキ、これ大丈夫？」

「うーん、もうちょっと乾燥するよ」

ラキが唱えたのは生活便利魔法のひとつ、どんな薪もカラカラに！　『マキドラーイ』の魔法だ。作ったのはオレだけど、繊細なコントロールはラキの方が上手だ。

『……せっかく生み出した魔法なのに。あなたもうちょっとネーミングを考えたらどうなの』

モモは不満げだけど、何がそんなに気に入らないのか。他にも『ショクセンキー』とか『レン・チン』とか、我ながらすごく便利だと思う。

「ね、ねえ、ものすごく手際がいいけど、いつもこうしてお料理してるの？　お外で？」

「うん！　お外で食べるごはんは美味しいんだよ！」

「えーいちいちめんどくせえじゃん？　保存食でいいと思うぜー」

セージさんは分かってないな……それなら、とくと味わうがよい！


「はい、タクトまず1皿目運んでねー。食べていていいよ！　分け分けしてね！」

「ひゃっほう！　おーい！　唐揚げできたぜ!!　食いたくないヤツは食うなよ！」

分け分けしてねって言ったでしょ！　くるくる喜びの舞を踊りながら大皿を運ぶタクトを見送り、オレはさらに唐揚げを揚げつつ、もう一品に取りかかる。

大人の手のひら大に切ったドーガー肉を網《あみ》でじっくりと炙《あぶ》ると、ぺたりとしたお肉がじわじわと締まって盛り上がっていく。徐々に反り返る皮がぱりぱりと音を立て、ぽたりと脂が滴った。仕上げの甘辛いたれが網に落ち、ささやかな煙と共に香ばしく香った。

「はい、できたよ～ドーガーのキジ焼き丼だよ」

「うおー美味そう!!」

「ん～～いい香り～!!」

振り返ったら唐揚げバトルが勃発《ぼっぱつ》していたみたいだけど、２人がオレの声を聞いて光の速さで戻ってきた。こんがりしたコゲと、てらてらと光るお肉がなんとも美味そうなキジ焼き。オレたちのお口に合わせて薄めにスライスしたそれを、ほかほかごはんの上にどーんと盛った。

「「「いただきまーす！」」」

めいっぱい大きな口で頬ばると、ぷるりとするほどの弾力と共に、口から溢れ出るほどの肉汁が広がった。あくまで鳥らしくくどくないそれは、たれと絡んで真っ白なごはんを染める。完璧、まさに完璧な味の絡み合いだ。満足して視線を滑らせると、タクトとラキはまるで口がひとつじゃ足りないとでも言いたげな様子だ。

『おいし～～い!!　ぼくこれ好き!!』

「きゅっきゅう!!」

目立たないように設置した召喚獣スペースでは、みんなが貪りつつ何やら賑やかに喜んでいるようだ。ひとまず、こちらもお口に合ったようでよかった。

――ごくっ……。

間近に気配を感じて視線を上げると、額が付かんばかりの距離にセージさんがいた。思わずのけ反ってひっくり返りそうになる。

「あ……わりぃ……」

虚《うつ》ろにそんなことを呟きながら、視線はオレの手の中に集中していた。

「えーと……食べる？」

「「「食べる!!」」」

ギラリと目を光らせた『黄金の大地』メンバーは一斉に声を上げた。

「あの～。ほんの一口でいいので……」

今度は背後からの影に振り向けば、そこには皿を持った商人さんが列を成していた――。


「この知識は、どこで!?　レシピを教えてはもらえまいか？」

ほとんど無言で貪ったかと思えば、商人さんたちはぎらついた瞳で商談を始めようとする。教えていいと思うんだけど、もし権利がどうとかややこしくなったら困る。こういう時は――。

「えっと、ロクサレンのカロルス様に聞いてみて！　あそこには他にも色々お料理あるから！」

「ふむ、なるほど……確かに『カニ』もあの地方でしたな。最近何かと名前が挙がる。よいことを聞きました」

ふう、回避成功。カロルス様、あとはお願いね！　ジフが色々知っているから大丈夫！

「そろそろ、交代だ」

商人さんはゆっくりしているけど、オレたちは馬車番を交代しなくてはいけない。ウッドさんに促され、オレたちも馬車の側《そば》で警戒しつつお腹を落ち着けることにした。

眠い……。満腹で幸せ物質が体中を巡っている気がする。タクトは眠気ざましに剣の手入れを始め、ラキは小さな素材の加工を始めたようだ。仕方なくオレも図鑑を広げてみた。

「――おい、おい！　ユータ、高そうな本によだれが垂れるぞ！」

ハッとして口元を拭うと、側で馬車に寄りかかっていたセージさんが笑いを堪《こら》えていた。オレ、いつの間にかうとうとしてた？

『うとうとかしらねえ……』

モモの呟きを聞き流すと、眠気を追い払おうとトコトコとセージさんの隣へやってきた。

「ねえセージさん、何か面白いおはなしして！」

「ユータお前……かわいらしい顔で恐ろしいこと振ってくるな。そんなハードル高い話のストックなんてねえって」

「じゃあ、普通のおはなしでいいよ」

「え～そんじゃ、ありがたい天使様の話でもしてやろうか？　これは俺の知り合いが実際に見たリアルな話なんだぜ！」

「あ、ううん！　やっぱりいい！　オレみんなのブラッシングするよ！」

『すっかり広まってるわねぇ……天使教』

「そうだね。冒険者のための宗教みたいになっちゃったね。ご利益《りやく》ないのに……」

『でもあの像にはご利益あるんだし、実際助かった人たちがいるんだからいいんじゃない？』

まあ、既にオレと関係のないところまで行っているもの。話しながら、モモのブラッシングという名のマッサージを終え、並んだ順にラピス、チュー助、ティアと小さい組を仕上げていく。

『スオーも？』

「うん、おいで！」

そろっと出てきた蘇芳が、嬉しそうにお膝に乗った。

「蘇芳はふわふわだね！　気持ちいいね～」

『ゆーたがふわふわにした』

気持ちよさそうに目を閉じていた蘇芳は、ちょっぴり照れくさそうに口元を綻ばせた。

『どーん！　ゆーた、ぼくもー！』

「うわっ⁉」

こっそり遊びに行っていたシロが気付いて戻ってきたようだ。シロ～、どーんじゃないよ！

肩の上からのしかかられたオレは、蘇芳を放してあえなく潰れた。シロは早く早く！　とオレの襟首《えりくび》を咥えてとすんと座らせ、目の前で腹を見せて横になった。

「わあ～この子、大きいのに懐っこいのね！　私もなでなでしていいかな？」

『いいよ！　どうぞどうぞ！』

オリーブさんの台詞に、触れられるのが大好きなシロはにこにこ顔だ。

「わあ、すごい！　こんなにサラサラして気持ちいいのね。なんて種類なの？　すごくきれいな犬ね。こんな魔物がいたら、すごくいい値が付きそう……」

オリーブさんがうっとりと指を滑らせた。そうだけど、それって毛皮って意味にならない？　どこまでも冒険者目線なオリーブさんに笑ってしまった。

『うふふ、フェンリルだよ～！　きっとこうきゅう品だよ～！』

そうだろうね～。そもそもフェンリルってお目にかかることがまずないみたいだし。

『スオーも、こうきゅう品』

「うん、スオーもそうだね」

「え？　あっ……あ!?　それっ！　カーバンクルっ!?」

「うん。でも、召喚獣だからね？」

召喚獣から素材なんて採れないし、召喚士からは無理に引き離せない。だから人前でも大丈夫なはず。そうは思うけど、紹介するのは少し緊張する。

「そんなっ！　召喚獣じゃなくたって手を出したりしないわ！　安心して！　でも、ほんの少しだけでいいの……触ってもいい？」

『スオー、いや』

身も蓋《ふた》もなくプイと背を向けた蘇芳に、言葉は伝わらなくとも意味は通じたらしい。オリーブさんが、声もなくずしゃあっと崩れ落ちた。

「す、蘇芳……そんなこと言わないで、ちょっとだけ、ね？」

『……。でも、抱っこはいや』

むうっとむくれつつ、一応許可は得られたらしい。オレが抱っこしてどうぞと体を向けた。

「やだぁ……かわいい。柔らかい～ほわほわぁ～」

ブラッシングしたての蘇芳は極上の手触りでしょ！　オリーブさんは幻獣店のシーリアさんと同じ、ヨダレを垂らさんばかりの残念な顔で蘇芳を撫でていた。

再び馬車に揺られながら、『黄金の大地』メンバーの視線は蘇芳に集中していた。やっぱり珍しいらしく、しげしげと観察されて本獣はちょっぴり不機嫌だ。

「へぇー本物のカーバンクル！　召喚獣で出てくることあるんだな！　お前と一緒にいたら幸運が付いてまわるかもしれねーな！」

「まあ、迷信みたいなものだけど、貴重な種であることには違いない。間近で見られるなんてありがたい限りだね、本当に幸運を運んでくれそうだよ」

実際どうあれ、運が味方に付いてくれるかもしれないなんて、わくわくしてくる。

『幸運ねぇ……ゆうたと一緒にいたら、不運と幸運で相殺《そうさい》される気がするわね』

「でもユータと一緒にいたら不運で幸運が消えちゃうんじゃない～」

幸運に期待を寄せるオレをよそに、モモとラキが同時にそんなことを言った――。


午前中と配置を変え、午後からはオレたちが先頭の方を担当になった。これまで魔物が出なかったわけじゃないけど、まだ人通りもある見通しのいい街道なので、手早く追い払える程度だった。でも、いつまでもそんな街道なら、３パーティも護衛に雇わないだろう。

「これから森の中を通る」

「魔物も多くなるから、私たちは外へ出ようか。君らは中にいた方がいいと思うけど……」

「俺も！　俺も出る!!　外の方が安全っ、安心!!」

ディルさんの心配そうな顔に、タクトはなぜか力いっぱい主張した。

結局、警戒の邪魔になるってことで、オレたちは外には出たもののペット枠みたいなものだ。タクトとラキは荷台の後ろへぎゅっと詰めて座り、オレは幌の上に乗せられてしまった。

幌の上って……本当にペット枠だ。だけど、これがなかなかどうして……。

「高～い！　楽しい！」

申し訳程度に切り開かれた森の小道は、まるで木のトンネルみたいだ。バランスを取って立ち上がれば、伸ばした手に葉っぱが触れた。こちらへ垂れ下がるたくさんの枝は、まるでオレに握手を求めているようだ。求められるままに満面の笑みで両手を伸ばしていると、デコボコの地面が大きく馬車を揺らした。ガタンとなるたび、幌に弾かれ小さな体が浮き上がる。翻弄《ほんろう》されるままに弾んでお尻をつき、ひっくり返り、腹ばいで着地した。ああ、幌の上、ばんざい！　あまりに笑って息が切れるほどだ。ここはオレの特等席だね。

「お前、よくそんなとこで楽しそうにしてるな……」

きゃあきゃあしていたら、タクトが信じられないものを見る目でこちらを見上げた。

「タクトは揺れるのダメだもんね～」

「平気なお前らがおかしい！　でも俺にはこれがあるからな！」

どうも乗り物酔いしやすいタクトは、愛しそうに葉っぱに頬ずりした。なんの変哲もなさそうなこの葉っぱ、実はムゥちゃんの葉っぱだ。持っているだけでも少しは酔い止め効果があるらしい。本格的に酔った時は少し囓るんだって。ちなみにムゥちゃんは、今頃ロクサレン家でメイドさんたちにＶＩＰ待遇を受けていると思う。

ふと前方を見やって、不自然なものが目に留まった。

「――あれ？　ねえ、あれはなあに？」

幌から逆さまに御者台《ぎょしゃ》を覗くと、商人さんとウッドさんも同じものを見つけたらしい。

「あれは……！　一旦馬車を止めましょう」

商人さんがどこか浮き足だって馬車を止め、相談を始めた。

「ねえ、あの丸いのはいいものなの？」

道の端の方にちらりと見える、テニスボール大の不自然に丸っこい石。

「あれはね、タカラオシエっていう賢い生き物が作った目印よ」

「タカラオシエ？」

オリーブさんの説明に小首を傾げた。あのきれいな球体は動物が作ったんだろうか？

「そう、欲しいけど自分では手に入れられない宝を、ああやって人に教えて取ってもらうの。タカラオシエは……ほら、あそこ。小さくて力も弱い生き物なのよ」

はるか樹上からこちらを窺い見る、小さな影があった。小さなお猿さんみたいな生き物だ。

面白い習性だなぁ。でも、人が宝を手に入れて独り占めされちゃったりしないかな……。

「ええ、そういう可哀想なこともあるんだけど、基本的には私たちが置いていくものを手に入れるみたいよ。例えば、珍しくて価値の高い木を教えて、人が切り倒したあとの根っことか樹液を手に入れるって寸法。それにね、冒険者の間では、タカラオシエの報酬って言葉があるのよ」

オリーブさん曰く、『タカラオシエの報酬』は、タカラオシエのおかげで利益を得たら、必ず欲しがるものを1つ渡すっていうマナーだそう。そうすることで、また何か見つけた時に教えてくれるから。

そっか、なんだか面白い協力関係だね。それに、宝物って金銀財宝ってわけじゃないんだね。

「ところがそうでもないから、あんなにソワソワしてるわけだ！　タカラオシエはコレクターだからな！　盗賊の隠した宝とか、古代の秘宝なんかを探し当てることもあるんだってよ！　どうするよ？　古代の大秘宝なんて見つけてたらさ！」

「古代の秘宝!?　俺、行く!!　行きたい!!」

セージさんとタクトが目をきらきらさせて興奮している。でもそんな大秘宝が、こんな道の近くにあるかなぁ……。

「ま、せいぜいお高い木の実とか森大蜂《もりおおばち》の巣とか、そんなところじゃない？」

「森大蜂の巣だったらいいな～！　僕、ちょっとだけ大針と翅《はね》を分けてもらいたいな～。それにしても目印ってこんな風に置いてあるものなんだね、ちゃんと覚えておかなきゃ～！」

ラキにとっては蜂の巣の方がお宝らしい。オレは食材だったらなんでもいいな！　森大蜂って美味しい蜂蜜《はちみつ》が採れるらしいし、珍しい木の実やきのこなんかも見てみたい。なるほど、人によってお宝って様々だ。

「――皆さん、お待たせしました。ご覧の通りタカラオシエの導きがありますので、これを見逃すのは商人として我慢なりません。探索するとなれば今日はここで夜を明かすこととなるでしょうから、野営の準備と探索で2組に分かれましょう。日程が延びる分は追加報酬を約束します。もし、『タカラ』がよいものであればさらに、ね。皆様のご活躍、期待していますよ」

商人さんはなんだかツヤツヤしている。こういった好奇心旺盛なところはとても商人らしい。

商人さんの依頼で冒険者も二手に分かれ、結果――。

「なんでっ⁉　俺も探索に行きたいんだけど⁉　リーダーの横暴！　反対！」

「俺も俺も！　大丈夫だから！　戦えるし役に立つから！」

騒いでいるのはセージさんとタクトだ。気持ちは分かるけど……多分、子連れで探索に行こうなんて言ってはくれないと思うよ。――そう、オレたちと『黄金の大地』が居残り組、残りの2組が探索兼護衛組だ。3パーティだから、実力的にCランク1組とDランク2組になるのがバランス的に最善で、となると『黄金の大地』にはオレたちがくっついてるワケで……必然的に居残りに。ごめんね、セージさん……。

「私たちにも美味い料理を出していただけると、君たちの報酬にも色を付けますよ」

えーと、それはオレたちが料理当番ってことかな？　まあ、材料は使ってもいいらしいし、どっちにしたって作るんだから、少々人数が増えたって構わない。

「あ～地味……地味だ！」

『タクト～がんばれ！　ぼく、やっちゃダメって言われちゃった』

まずは手頃な場所で下草を刈って、テントを張れるスペースを確保。なるべく石や枝なんかを除いて、なんとか野営できるスペースにしなきゃいけない。

シロに頼めば一瞬だし、オレだって多分できると思うけど……戦闘になってからならいざ知らず、こんなところで大きな魔法を使うのもよくないってことで、地道に草刈りしている。

「ある程度できたら、あとは魔法で仕上げるからね」

よし、ディルさんの魔法の規模を見てからオレたちも手伝おう。オレとラキはこっそり頷き合った。地道に、といっても「職業：剣士」の人たちの草刈りだもの、早い早い。一振りで周囲の草も藪も見事に薙ぎ払われていく。ウッドさんの周囲なんて刃の触れていない範囲まで効果が及ぶので、危なくて近寄れない。

「よし、じゃあ、あとは魔法でいこうか」

ディルさんが何か唱えると、ぶわっと上から押し潰すような風が吹いて、草や枝を吹き飛ばしていった。どうやらディルさんは風系の魔法が得意らしい。

「ディルさん、オレとラキは土魔法得意なの！　地面をきれいにしてもいい？」

風を駆使《くし》して野営地をきれいにしていく逆掃除機みたいなディルさんに、オレたちもお手伝いを申し出た。もちろん、一気にやったりしない。少しずつ平らにしていくんだ。

「お、助かるよ。テントの部分だけでいいから、ゴツゴツした部分をなくしてくれるかい？」

お安いご用！　にっこり笑ったオレたちは、地面の平坦化に取りかかった。

「よーし、こんなものか……な⁇」

ディルさんがやれやれと振り返り、すっかりきれいにならされた野営地に驚いた顔をした。

「おーい、薪取ってきたぜ……ってなんだこりゃ⁉　スゲーきれいになってんじゃん！」

「ついでに獲物も見つけてきたわよ～！　って……ホントね⁉　これ、ディルとリーダーが？」

でっかいうさぎみたいな獲物をぶら下げて、薪を拾いに行っていた2人が帰ってきた。

「いいや。ディルとあの2人だ」

せっせとテントを準備していたウッドさんが、呆れ気味の視線を向ける。ウッドさん……見ていないと思ってたのに、バッチリ見ていたんだ。

「いやはや、土魔法が得意とは聞いていたけど、魔力量も相当だね？　これはすごい」

ディルさんに大げさに褒められて、ちょっと照れくさい。ディルさんの逆掃除機だって凄かったよ！　あれ便利だなって思った。

テント張りは任せろって言ってくれたので、オレとラキは食事の準備に取りかかった。でっかいうさぎを解体してもらって、唐揚げとサマーシチューを作ろうかな。商人さんが持っていた材料は、日持ちのする根菜《こんさい》がメインだったので、遠慮なく使わせてもらう。ごろっと大きく切った根菜は、ほっくり煮込むと本当に美味しいよね！　ぜひ熱々を頬ばりたい。硬いチーズも少しもらって、こってりが好きな人には削って載せてあげよう。ごはんは慣れない人が多いだろうから、パンが主食だね。それなら残ったくず肉を集めて叩いて、ミートローフだ。

「よし、サラダはばっちりだ！」

タクトはあまり料理するのが好きじゃないので、もっぱらサラダ担当。おかげで野菜を切るのもサラダ用の野草を見つけるのもだいぶ早くなった。

「なあなあ、タカラオシエの宝物、なんだと思う？」

野営の準備が一段落して、オレたちは火の側でのんびりと過ごしていた。暗くなり始めた周囲に漂うのは、クツクツと煮込むシチューのいい香りと、刈った草の青々しい香り。

「なんだろうね～？　珍しい石とか、素材だったらロマンあるよね～」

「そうか？　もっと大きく行こうぜ！　古《いにしえ》の宝物庫とかさ！　盗賊王のお宝とかさ！」

「大きすぎるよ～。ここ、森だけど一応人通りはあるからね～」

不満そうにむくれたタクトは、だらりと伸ばした足先をピコピコさせた。

「でもさ、もし森大蜂とか、食材になるものだったら美味しいものを作れるよ！　それに、きっと何が見つかっても報酬は増やしてもらえるしね！」

「まあなー。ま、どっちにしても留守番だしな！　俺も行けるんなら蜂の巣だって石ころだっていいぜ！」

「石ころ……」

ラキが密かにヘコんでいる。だ、大丈夫！　分かるよ！　石だってロマンだよね!?

「あー何が見つかったんだろな？　早く帰ってこねえかな！」

そわそわ落ち着かない様子のタクトが、足を伸ばした姿勢から一挙動で立ち上がってウロウロしだした。目の前を行ったり来たりされるとなかなかに鬱陶《うっとう》しい。

「もう、タクトごそごそしないで。トレーニングでもしていたら？」

「それもそうだ！」

言うなり腕立て伏せを始めた。オレはニヤリと笑う。よし、負荷をかけてあげよう。

「どーん!!」

「お？　ぬいぐるみでも乗ったか？」

潰してやろうと満面の笑みで飛び乗ったのに、タクトはにやっとするとオレを背中に乗せたまま、楽々と腕立てを続けた。くそぅ……この世界の人間って怖い……。悔しい、と視線でラキに訴えると、こそこそと何やら耳打ちされた。

「ではタクトに問題です！　一般的な回復薬に使用する薬草は、何束で1瓶《びん》分か？」

チャラ～ンと効果音も付けて、ウキウキと問いかける。

「えっ？　な、なんだよ急に。えーっとえーと……5～7束？」

「正解！　次の問題！　『知識は衰えぬ武器となる』は誰の言葉か？」

「えっ……？　えーー、変な名前の……まるっとしたヤツ……」

「ブブー！　残念！　マルマーダスでした！」

これはいいね、トレーニングしながら勉強ができるなんて。だけど、タクトは5問目で早々に潰れてしまった。うむ、ペンは剣より強し？


「こ、これは……この時間でここまでとは。さすがはCランクの方々だ」

そろそろ心配になってきた頃、探索組が疲れた顔で帰ってきた。驚く商人さんに、既に一通りの驚きを済ませた居残り組商人さんたちが、どこか得意げだ。

「ここまでできたのは、あいつらのおかげだ」

言わなくてよかったのだけど、ウッドさんは律儀に告げてくれる。

「なんと……ギルドの話もあながち嘘ではなかったようですね……」

「それで!?　どうだったんだ？」

セージさんが勢い込んで尋ねた。けれど、商人さんは苦い顔で首を振った。

「いいえ。何も……。確かに何かあるはずなのですが。タカラオシエについていっても何もないのです。ハズレ……かもしれませんね」

「えぇー！」

『ハズレ』と言われるのは、タカラオシエには価値があっても人間に価値がないもののこと。まだ幼いタカラオシエにはよくあることらしい。

「だが、あれは成体だった」

「そうなんです……ですから！　明日もう一度明るいうちに探索しましょう！　ここで諦めてなるものですか！」

商人さんが燃えている……。なんだかギャンブラーな気配を感じる。そのうち身を滅ぼさないといいけれど。

「すげー快適な野営地じゃん。さっすがCランクだよな！」

「それにこの香り。なんの香り？」

「いいなあ……これ商人たちの食い物？」

探索兼護衛だった2パーティが、羨ましそうに鼻をひくひくさせている。あれ？　オレ、みんなで食べると思って用意したんだけど……。ちらりと商人さんを窺い見ると、商人さんはしゃがみ込んでオレに囁いた。

「もちろん、あなた方が作ったのですから、あなた方は食べる権利があります。でも、あの者たちはどうですか？　食べさせてやったからといって、感謝するとは限りませんが」

「あ……ううん、オレ、何も考えずに全員分作っちゃったの。みんなで食べると思って……ごめんなさい」

材料を余分に使ってしまったかと恐縮したけれど、根菜類は一山いくらで大した値段ではないそうだ。

「では、あの者たちにも食べさせていいのですね？」

「う、うん……。でも、オレがそれを決めていいの？」

もちろんです、と言った商人さんは立ち上がってにっこりした。

「分かりました。これならお金を払っても食べたいと思うでしょう」

人のよさそうな笑顔にホッと息を吐いて見上げ、ふと違和感に気付いた。あれ？　お金……？

「う、うまっ!!　美味い!!　これ、うさぎ肉か!?　こんなに柔らかくなんのか！」

「美味しい……ほっくりしたお芋《いも》にしっかり味が染みて。実家に帰ったみたいな気分」

シチューはじっくり煮込んだからね、硬くなりやすいうさぎ肉もとろける柔らかさだよ。シチューって凝ったお料理じゃないけど、じんわり心があったかくなる気がするよね。

商人さんたちは持参の敷物の上で上品に……がっついているけど、こっちの冒険者サイドよりは幾分マシだろう。みんな美味しそうに食べてくれてホッとするよ……。なんせ、お金徴収《ちょうしゅう》されてるから。そう、商売根性逞しい商人さんは、かなり良心的な値段だけど、ちゃっかり材料理費以上は徴収できるお値段で、2パーティに振る舞っていた。

「タクト、これなんだ？　すげえ柔らかい肉……？　野菜も入ってる？」

「へへっ！　美味いだろ？　でも名前は知らねえ！　こうして挟《はさ》むと美味いんだぜ！」

タクト、ちゃんとミートローフだって教えたでしょう。セージさんはミートローフを食べたことがないみたい。パンに合うように作ったので、サラダと一緒に挟めば、ボリューム満点、滴る肉汁もしっかりパンが受け止めてくれる、極上サンドの出来上がりだ。シャキシャキした野菜と、柔らかくぶわっと肉汁溢れるミートローフが堪《たま》らない。

「‼　う、うーまーいっ‼　なんで⁉　パンに挟んで野菜追加しただけで？　なんでこんな美味くなんの⁉」

「本当だわ！　なんだか勿体ない気がしたけど、こうやって食べなきゃ損よ！」

周囲の視線もなんのその、美味い美味いとはしゃぐ2人を見つめ、その他大勢が示し合わせたように無言でパンに挟み始めた。

「………」

オレは、1人切ない顔で空のお皿を眺めるウッドさんに、そっとミートローフとパンを追加しておいた。

「この料理をあのチビどもが作ったってか！　信じられねえ。だから依頼についていけるってワケか。まあこれなら確かに……」

「なんなら僕たちのパーティに同行して欲しいな！　ちゃんと守るからさ。こんな美味いもの、街で食ったら結構な値段取られるだろうし」

『ファイアーストーム』も『女神の剣』も、オレたちのことを見直してくれたみたいだ。

「そうかもしれないけど～、そうじゃないって気がヒシヒシとするよ～」

ラキはシチューをパンでこそげながら、じっとりとした視線を寄越した。

「料理番、美味かったぜ！　お前ならウチのパーティ入ってもいいぜ！」

「おやおや、抜け駆けはどうかと思いますよ。ウチの商隊の料理担当として……どうです？　お給金は下っ端冒険者よりずっといいと思いますが？」

オレ、戦闘員なんだけど……。

「ほら～言わんこっちゃない～」

むくれたオレをつついて、ラキとタクトが大笑いしていた。


「――さて、今日探索して見つからなければ仕方ありません。潔《いさぎよ》く諦めましょう……」

翌朝、至極《しごく》残念な様子で語る商人さんに、セージさんがハイっと手を挙げた。

「なあ！　こういうのは人海戦術だろ？　人数多い方が探せるし、全員で探しに行こうぜ！

あんたら、シールドの魔道具持ってるだろ？」

へえ、そういう魔道具があるんだね。それを聞いてタクトの目も輝き始める。

「俺、すっげー頑張る！　めちゃくちゃ探す!!　身も守れるから！　あとさ、こいつ連れてくと運がまわってくるかもしれねえぞ！」

「ほう、確かに。最初に見つけたのも……。それにあなた方の方が意欲がありそうです」

ぐいっと前に押し出されて戸惑っていると、商人さんがふむ……と思案し始めた。

「いいでしょう、乗りましょう。商人の直感が吉と囁くからには、それに従いましょう」

タクトとセージさんが大喜びでハイタッチを交わした。

「どうだろね～？　運は運でも、不運も強いからねぇ～」

こそっと囁くラキに、オレは慌ててしーっ！　と唇に人差し指を当てた。


「どうしたの？」

ラキは商人さんの手元をじっと見つめて瞳を輝かせている。

「あれがシールドの魔道具だよ～！　高いから、こういう時にしか見られないと思って～」

確かに、お手頃価格ならもっと護衛が減らせるもんね。でもそんな高価なもの、こんな機会に使ってよかったのかな……ハズレかもしれないのに、本当にギャンブラーな商人さんだ。

「いいんじゃねえ？　こういう時に使わなきゃいつ使うんだよ！」

「襲撃を受けた時だと思う〜」

うっと詰まったタクトが、その時は俺が！　なんて息巻いていた。

オレたちはシールドの発動を確認後、連れ立って探索に向かった。馬車には連絡係の商人さんが1人だけ残って、本当に総力を挙げての探索だ。

ホウゥ……ホウ……。

タカラオシエが、導くように鳴きながら樹上を渡っていく。時々確認するようにこちらを見ているから、やはり何かの元へ案内しようとしているのだろう。

ウッドさんが先に立ち、道を切り開きながら結構森の奥まで進んだところで、タカラオシエが動かなくなった。

ホウホウ……ホウホウ……。

ここにあるって言ってるじゃないか、早く見つけてくれ、そう言われている気がする。

「やはり、ここですか……。何か、何かあるはずなのです！　もうハズレでもいいので、見つけないことには納得できません！　皆さん、お願いしますよ！」

どうやらピタリと昨日と同じ場所だったらしい。目印に結ばれた布きれが揺れていた。

魔物が来ると危ないので、探索範囲を中心に外側が冒険者担当、その内側がオレたち、さらに中央部が商人さんたちだ。

木のように大きなものかもしれないし、宝石のように小さなものかもしれない。何を探せばいいのか分からないのはなかなか難しいものだ。街道から外れた森だもの、木々は生い茂っているし、大きな岩もごろごろしていて、隅々まで探すというのは困難な場所だ。オレたちはそれぞれ集中して探したけれど、やっぱり何も見つからない。うーんと伸びをして振り返ると、下ばっかり見ていて2人から随分離れちゃったみたいだ。

「いい素材～、いい素材～」

「宝が隠されそうなとこ……不思議な出入り口……」

どうやら2人はかなり探すものを絞っているようで、それも1つの方法かもしれないね。

『何を探すか分かればぼくが見つけられるのに。でもね、蜂蜜ではなさそうだよ？　甘い木の実もないみたい。このあたりに美味しそうな匂いはないよ』

そっか……シロがそう言うなら間違いないのだろう。食材ではなさそうだとちょっぴり残念に思いつつ、小さな体を活かしていろんな隙間や藪の中を中心に探していく。

ホホウ！　ホホウ！

藪をくぐろうとしたところで、なんだかタカラオシエの鳴き声が変わった気がする。

「うん？　こっち？」

ホウ！　ホホウ！

決して近づきはしないけれど、そうだと言っている気がする。固い藪に四苦八苦しながら、四肢《しし》をついて這《は》うように藪の中を移動していると、ぼこっと右手が支えを失った。

「えっ……？」

ぼこっ……次いで左手も宙を掴み、途端に浮遊感が襲ってくる。

「へっ？　わあああー!?」

「きゅ！」

『ゆうた！』

咄嗟にモモがシールドを張り、シロがオレの襟首を咥えた。光の矢のように先行したラピスが、先の安全を確認してくれたみたいだ。壁を蹴って危なげなく着地したシロの口元で、オレは人形のようにぶらんぶらんと揺れた。

「あ、ありがと！　大丈夫だよ」

下ろしてもらって見回すと、どうやら藪の下はかなり大きな空洞になっていたようだ。地上までは2階建ての家くらいの高さだろうか。見上げると、オレが落っこちた穴からぼろぼろと土が崩れて光が広がっていくのが見える。

「ユータ!?　どこだ!?」

「ユータ～!!」

しまった、悲鳴を上げちゃったから。ラキたちも落ちたら大変と、慌てて声を張り上げた。

「だーいじょうぶーー!!　ねえシロ、先に上がれる？」

『大丈夫だよ～』

シロは勢いよく走り出すと、らせんを描くように壁を登って地上へ飛び出した。

「あ！　シロ！　ユータは？」

『あのね、穴が開いて落っこちたけど、なんともないよ。崩れてきてるから、近づいちゃダメ』

「穴～？　もしかしてタカラオシエが示した場所って～……」

ホウ！　ホホウ！　ホウ！　ホホウ！

タカラオシエは、せわしなく樹上をうろつきながら、必死で鳴いている。


「これは！　こんなところに竪穴《たてあな》が……。見つからないはずです。下りられそうですか？」

「いけるだろう、早く助け出さんと穴が崩れるかもしれん」

「そうですね……でも、何があるか探さなければ」

どうやら上ではオレを助け出そうとしてくれているようだ。でも、土魔法で階段を作ってい
けば自力で上がれるんじゃないかな。シロに乗せてもらってもいいし。

「ユータくん！　無事？　怪我は？」

「大丈夫〜！　オレ、自分で上がれると思うよー」

だけど、どうやら商人さんたちはこの穴の中を探索したいようだ。ほどなくして、ぱさりとロープが投げ入れられ、するするとセージさんが下りてきた。

「おお……結構深いな。すげーわくわくする！　おーい！　大丈夫だ！」

逆光になって見えないけれど、天井の穴からはタクトたちがこちらを覗き込んでいるようだ。

天井の崩落は、竪穴に沿ってぽっかりと口を開けたところで止まったものの、ザラザラと周囲の壁も一部崩れ出し、やや不安定な様相だ。

さらにオリーブさんが到着し、次いでディルさんが降下するのを見守っていたら、壁面に微かに光ったものがあった。

なんだろうと目を凝らした瞬間、ディルさんのすぐ側の壁面が土煙を上げて崩れた。

「うわっ!?　……どうも」

「……ドウイタシマシテ」

思わず手を離したディルさんを、セージさんが見事キャッチしていた。咄嗟のお姫様抱っこに、どちらもすごく不本意そうだ。

「あら？　あれ見て！」

崩れた壁の向こうには、さらに横へ繋がる狭い洞窟が覗いていた。そして、土砂の中にさっき光ったものが埋まっている。あれ……この感じ、覚えがあるような。

「!!」

確認しようと一歩踏み出したところで、ハッと両手に短剣を抜いて飛びすさった。

「ユータっ！　いけるかっ!?」

はるか頭上からの声に、にこっと笑う。タクト、探知が早くなったね！

「大丈夫、まかせてっ！　みんな、魔物が来るよっ！」

暗い横穴の向こうから急接近してくるのは、複数の魔物の気配だ。さすがCランク冒険者、オレに遅れることなく瞬時に気配を察知して身構えている。

「こっちも来るぞ」

上から響いた重低音の落ち着いた声は、ウッドさんだ。

「けっ、とんだお宝探しだぜ！」

「皆さーん、私たちの後ろへ集まってくださる？」

上でも魔物が接近中らしい。どうして急に？　あちらは冒険者の数も多いし、ウッドさんがいるから大丈夫だろう。シロは念のため、タクトとラキの側で見守っていてもらおうかな。

「ユータくん！　後ろへ！」

「ありがと！　でもオレ、前衛なのっ！」

それに、一番夜目《よめ》が利くだろうから。言うが早いか飛び出すと、突っ込んできた魔物の鼻面《はなづら》を蹴って飛び上がり、素早くとんぼを切って頭上から短剣を突き立てた。

「早っ……!?」

倒した魔物はやたらと目の小さな巨大ネズミ？　いや、もぐらかな？　体長は自転車ほどあるけど、硬くもなければ、そう動きが速いわけでもない。でも、1つ言うなら……美味しくはなさそうな気がする。

ディルさんがライトの魔法を放ち、周囲がほのかに照らされた。

「ビッグタルーパだな。いくらでも来やがれ！」

3人にとっても大した相手ではなさそうだ。どう見ても暗がりに特化した魔物なので――。

「ライト！」

ドッジボールよろしく、魔力を多めに込めた光量の大きなライトを横穴に放り込んだ。それは閃光《せんこう》弾のようにカアッと明るく横穴を照らし、魔物たちが悲鳴を上げる。

「ユータやるじゃん！」

これでこちらが有利に戦えるだろう。オレはタタンっと後ろへ下がって前線を退くと、さっきの土砂のところへ向かった。

「――あ、やっぱり！」

土砂に半ば埋まるように顔を覗かせていたのは、嫌な気配を放つ真っ黒な結晶。この感覚にはとても覚えがあった。確か実地訓練の時にダンが持っていた……そう、魔寄せってアイテムにそっくり！　オリーブさんたちは危なげなく戦闘中で、地上組も同じく。なら、誰にも見られないだろう。この魔寄せの呪い？　をなんとかしないと、どんどん魔物が来ちゃう。

「確か、これで大丈夫だったはず。浄化浄化～」

シュッシュッシュ～ッ！

むむっ……さすがに原石だからかな？　なかなか手強い。迫りくる魔物の群れに背を向けて解呪《かいじゅ》シュッシュしている姿はとっても間抜けだ。だけど、おかげで嫌な気配は徐々に薄れ、やがて消えた。残ったのは黒水晶みたいな結晶。黒いのに光にかざせば透ける、不思議な石だ。

「ユータくん、どうしたんだい？」

「あのね、魔寄せの元があったんだよ。オレ浄化薬持ってたから浄化しちゃった！」

「えっ？　呪晶石《じゅしょうせき》か！　それで急に魔物が来たのか。お前、浄化薬なんて持ってたんだな！　うーん、勿体ねえけど……仕方ねえな」

魔寄せの呪いがなくなったので、効果はすぐに現れた。横穴は変わらず口を開けているけれど、オレたちの方へ引き寄せられたのは当然ながら地下にいる魔物ばかりだったので、好んで明るい方へ向かってはこないようだ。その点、地上はもう少しかかりそう。

「でも……タカラオシエのお宝ってこの呪晶石だったの？」

「それはないと思うわ。どちらかというと動物はこれを嫌うもの。それに、埋まっていたんでしょう？　埋まっているものまでは分からないはずよ」

「この場所を示してたんだから、他に何かあるんじゃねえ？　せっかく下りてきたんだから探そうぜ！　お宝お宝～！　何かないかなーっと」

オリーブさんとセージさんは地上そっちのけで周囲を探索し始め、ディルさんは地上組へ参戦に行った。オレは地下の方が安全なので動かないようにと言いつかっている。

『ゆーた、こっちはもう大丈夫だと思うよ』

どうやら地上の方も、シロが活躍するまでもなく撃退できそうな様子だ。じゃあオレもこっちで探索しようかな？　でも、まずはこの横穴だ。

「ねえ、ここ塞いだ方がいい？」

「そりゃいいけど……ってそうか、ユータは土魔法が得意だって言ってたもんな。その辺りは何もないよな？」

魔物が襲ってきた横穴は、獣っぽい匂いがするだけで何も見当たらない。そもそもタカラオシエが示していたのは竪穴の方だもの。

『宝探し～！　俺様も参加する！』

横穴を塞いでしまうと、これで安全と判断したらしく、チュー助が嬉しそうに駆け出していった。チュー助は小さいから、地面に何かあったら見つけられるかもしれないね。

「――どうだ？」

「あら、リーダーそっちは大丈夫？　何もお宝は見つからないわね～」

「ユータは無事か？」

「もちろん！　この子、普通に強いんですけど!?　ちょっとそっち上がって色々話したいわ！」

信頼関係があるんだなぁ。ウッドさんは2人が無事かどうかは聞かないんだね。そして、何もないって聞いた商人さんのガッカリ顔が目に浮かぶようだ……見つけられなくてごめんね。

『えーもう宝探し終わり？　俺様もうちょっとここであそ……探索続けたい！』

チュー助がテテーっとオレから離れていってしまう。置いていっちゃうよ？

「あら？　何か足元を……え？　ね、ネズミ!?」

しまった！　オリーブさんはネズミが苦手なのかも!?　慌てて駆け寄るのと、悲鳴と共に剣が振り下ろされるのはほぼ同時だった。

「チュー助！」

キィン！　軽い音を立て、チュー助の脇を細い刃が滑り落ちた。よかった、シールドが間に合った。チュー助は下位の精霊だもん、オレの魔力を使っていなければただのネズミ同然。普通に討伐されちゃうところだ。

ぺしょんと尻餅《しりもち》をついたチュー助が、涙をいっぱい溜めた目でふるふる震えてこちらを見つめている。ごめんね、ネズミが苦手な人もいるってことを忘れていたよ。

「あれっ？　なんか……服着てる。あの、その、もしかして……」

「お前〜それ明らかに普通のネズミじゃねえだろ。これもユータの？　逸れてよかったな」

駆け寄るとチュー助がバンザイ体勢を取ったので、やれやれと抱き上げた。どうやら腰を抜かして動けないらしい……よっぽど怖かったんだろう、オレの胸元にひしっとしがみついてふるふるしている。

「そ、その……ユータくんのペットなの？　ごめんなさい」

「ううん、オレこそごめんね、びっくりさせて」

――チュー助、あれぐらい避けないとダメなの。

普通のネズミにCランク冒険者の剣は避けられないだろう……。ラピスの鬼特訓が展開されないといいけど。よしよしと撫でていると、どうやら震えは収まったようだ。

「ユータくん、先に上がってくれるかな？」

「あ、はい！」

残念だけど地上へ戻ろう。ロープが下ろされた場所へ行くと、天井から降り注ぐ陽の光が随分と眩しく感じた。

『あら？　チュー助、あなたキラキラよ？』

「え？　ホントだ。これ何？　わ、オレの手も！」

『なになにっ⁉　俺様に何ついてるの⁉　主、取って！　取って‼』

すっかり怖がりモードになったチュー助が腕の中で涙を浮かべて暴れ回り、そのたびにキラキラしたものが舞い散っていく。チュー助を撫でていたオレの手のひらもキラキラだ。

「もしかして……」

はたと思い当たったオレは、ロープを放り出すと、さっきの薄暗い場所まで駆け戻った。

「ユータ？　どうしたんだよ？」

「あのね……お宝って、これじゃない？」

小さな両手いっぱいに砂をすくって慎重に光の下へ歩いていくと、やっぱり！

――このお砂きれいなの！

『まあ！　砂金《さきん》かしら？』

オレの手のひらに輝くのは、金色の光。砂粒状になっているけれど、探せばもう少し大きなかけらだって見つかるだろう。もしかして、これが……？

「見つけた！　見つけたぞぉーー!!　お宝だ！　砂金があるぞ！」

　意気揚々としたセージさんの声が響き渡った。

「素晴らしい！　なかなかどうして、大きめの粒もありますな。一攫千金《いっかくせんきん》、とまではいきませんが、十分、十分ですとも」

　どうやらこの竪穴は、大昔の滝があった場所のようだ。滝壺に砂金が溜まっていたんだね。

　商人さんは持って上がった砂金を見て、ツヤツヤした笑みを浮かべていた。

　ホホゥ！　ホホゥ！

「ああ、そうですなぁ……今回はこのくらい、『報酬』でいいでしょう？　そうれ！」

　ご機嫌な商人さんは、砂金をいくらか小袋に詰めると、樹上のタカラオシエに放り投げた。

　ホゥ！　ホホゥ！　ホゥ！　ホゥ!!

　ところが、タカラオシエは小袋をぽいっと投げ返すと、そわそわと行ったり来たり、枝を揺らして何やら必死に訴えている。

「もっと寄越せと？　なんと強欲な……それで納得しないなら、もうあげませんよ？」

　商人さんが憤慨しているけれど、そうだろうか？　タカラオシエは、違う、と言っている気がする。砂金より、もっとすごい宝物があるの？　再び穴を覗き込んだオレの背中に、タカラオシエの必死の鳴き声が響く。

「……ん？　シロ！　ねえ、あそこ！」

『うん、いるね！　連れてきたらいいの？』

さっきまで特に意識していなかったけれど、何も生き物がいなかったはずの竪穴の壁面に、ささやかなレーダーの反応がある。

『……ゆーた！　助けてあげて！』

反応のあった場所へ向かったシロが、何かを咥えて慌てて戻ってきた。

ホゥ！　ホゥ！　ホゥ！　ホホゥ！

タカラオシエは、喉《のど》が潰れんばかりに鳴いた。

――そっか、君の宝物はこれだったんだね。大丈夫、待っててね。

「ユータ？　それ、もしかしてタカラオシエか？　あいつの友達？」

「ちょっと小さいね～。でも……死んじゃってるの～？」

タクトとラキがオレの手元を覗き込んで眉をひそめた。ぐったりとしてピクリとも動かないその小さな体に、２人が不安そうな顔をする。やや小さく痩《や》せ細っているけれど、この生き物はタカラオシエに違いない。

「大丈夫、生きてるよ！」

だいぶ弱ってはいるけれど、ちゃんと間に合った。ゆっくりと点滴魔法で回復させると、徐々に毛並みは艶《つや》を取り戻し、浅く速かった呼吸はゆったりと健《すこ》やかなものに変わった。これからしっかり食事をとれば、もう大丈夫だろう。

「なんと！　タカラオシエの番《つがい》でしたか……よく分かりましたね」

オレたちの様子に気付いた他の人たちも集まってきた。

「うん。きっと、あのタカラオシエの宝物は——」

「そっか……大切な番の相手だったのね。よかった、無事で」

ざわざわしだした周囲に、腕の中のタカラオシエはゆっくりとまぶたを上げ、大きな瞳をぱちくりさせた。途端に飛び上がって驚くと、あっという間に側の木に駆け上がってしまった。

それだけ元気なら大丈夫そうだ。

ホウ……ホウ……。

ホホウ……。

何を話しているんだろう？　矢のように飛んできた大きい方のタカラオシエが、きゅっと体を寄せて額をすり合わせている。仲睦まじい様子に、自然と頬が綻んだ。

「見せつけますねぇ、ま、君たちに今必要な報酬はこれでしょうな」

商人さんが今度は大きめの袋を投げ上げて、木の枝に上手く引っかけた。

「あれは？」

「食べ物ですよ。あれらにとっては、金よりも必要なお宝でしょう」

「そっか……そうだよね」

小さい方のタカラオシエが、砂金を取ろうとして滑り落ちたんだろうか。まだ若そうだったから、ちょっと無茶したのかな。足が折れちゃっていたから、どうにもできなかったんだろう。

砂金は手に入らなかったけど、命は拾えたから許してくれるかな？

「商人さんよ、俺見たぜ！　さっき、砂金の袋も入れてやってただろ？　隅に置けないぜ！」

商人なんてみんなケチだと——なんて続けかけたセージさんに、オリーブさんの肘鉄《ひじてつ》が炸裂《さくれつ》していた。

「おや、私としたことが、間違って入れてしまいましたか。それは残念なことをしました」

オレはちょっと驚いて商人さんを見つめると、ふわっと満面の笑みになった。

7章　料理番の本領発揮

無事にお宝を見つけたオレたちは、野営地に戻って出発の準備中だ。今日もここで泊まる予定だったけど、早めにお宝が見つけられたので出発しようってことになったみたい。商人さんたちが慌ただしく荷物をまとめる間、大した荷物もない冒険者組はのんびりしている。

「あいつらただもんじゃねえ。下手にケンカ売らねえ方がいい……」

「何言ってるの、最初からケンカ売ってるのはあなただけよ、あの子たちよりよっぽど子どもなんだから」

「そーそ。あんなちびっ子で強いなんてズルいわぁ～。ウチのお子ちゃま冒険者と交換したいな！　料理番の子と一緒に『ファイアーストーム』に入ってくれたらいいのにー」

何やら話していた女性が、聞こえよがしに呟いて振り返り、ばちんとウインクした。森の中なのにいっぱい虫に刺されそうな格好をしていて、とても気になる。急に評価が上がったのは、どうやら地上でもタクトとラキが活躍していた影響らしい。でもやっぱりオレは料理番……。

「ユータが料理番ね～。確かに、料理番ではあるんだけど～」

「あんな料理番がいてたまるかよ！　前衛ってホント前衛なのな。リーダー聞いてくれよ、ユータのやつ先陣切って飛び出してったんだぜ」

「オリーブから聞いた」

あまり動かない表情で、ウッドさんが鷹揚《おうよう》に頷いた。

「それに、君たち2人も大活躍だったと聞いたよ。十分にやっていける腕だってね。本当に、最近の学校は進んでいるんだね」

「いいやディルさん違うぜ！　学校じゃなくて、ユータたちに教えてもらってるから腕が上がったんだぜ！」

「ユータ『たち』？」

「そ！　ユータの召——むぐっ」

わざわざ言わなくていいから！　学校で教わってることの方がずっと多いんだから！

「美味い！　何これ？　カリっとしてて甘くて、すげー美味い！」

タクトの口を塞ぐ代わりに突っ込んだのは、キャラメリゼしたクルミ。正確にはクルミじゃないんだろうけど、味はそのものだし、もうクルミでいいんじゃないかな？

「何それ～？　飴《あめ》がかかってるの～？　タクトだけずるい！　僕も～！」

簡単美味しいキャラメリゼは、オレの収納に入れてしまえば、いつまでもカリっと美味しく食べられるお手軽おやつだ。

「…………」

感じる視線に目を向ければ、木に背中を預けたウッドさんの鋭い視線が注がれていた。しっかりとオレの手元を見つめる瞳は、言葉にならない気持ちが溢れ出ちゃっている。オレはくすっと笑って駆け寄ると、投げ出された足を跨《また》いで伸び上がった。小さな指でキャラメリゼを摘まむと、ぐいと彼の口元へ差し出した。

「はい、あーん」

反射的に薄く開いたお口に遠慮なくクルミをねじ込めば、彼はちょっと目を白黒させながらもぐもぐした。ふふっ！　案外甘いものが好きなんだね。いつもへの字に結ばれた唇が、ほんの少し綻んだ気がした。

「美味しいでしょう？　ウッドさん大きいから、はい、もうひとつ」

「…………」

あーんと差し出せば、今度は素直にお口が開けられた。楽しい……大型の肉食獣に餌付けしている気分だ。

「り、リーダーが……ウチのリーダーが！　……すっかり懐いてるぅ!!」

「うるさい。お前は食うな」

ハッとしたウッドさんが仏頂面《ぶっちょうづら》でそっぽを向いてしまった。

「これが……胃袋を掴むってやつ？　効果的……確かに効果的ね‼」

オリーブさんは何やら熱心にメモを取っていた。オレ、そんなことをメモするより、レシピをメモした方が役に立つんじゃないかなって思うんだ。

「やれやれ、遊んでないで……そろそろ出発だよ」

苦笑するディルさんに促され、オレたちも馬車の方へと駆け寄った。


オレたちはなんとか日が沈み始める頃には森を抜け、開けた草原の街道へ合流することができた。この辺りは街道を除くと、人間の腰より高い丈の草が生い茂っているところが多くあり、あまり安全ではない。さっきも飛び出してきたゴブリンが――馬車に轢《ひ》かれたところだ。ゴブリン……見境なく襲うのはやめよう？　馬車は急には止まれない。

「同じ平原でもハイカリクのあたりとは全然違うんだね～」

「ゴブリンは一緒だったけどな！　見たことない魔物もいるんだろうな～！」

そこそこの速さで進んでいるけれど、護衛の冒険者は馬車から下りて、周囲を警戒しつつ進んでいる。オレたちの短い足では完全にランニングになってしまうので、３人揃ってシロに乗せてもらうことにした。

『匂いも違うね！　いろんな匂いがするよ～海ももうすぐだね！』

オレたちは『黄金の大地』と共に、一番前を意気揚々と進む。どうやらシロの鼻には既に潮《しお》の香りが届いているようだ。

「今日この草原で一泊したら、明日には港町に到着できるわよ！　今のところ、順調だしね」

「あ……」

そんなことを言っていたらまた魔物！　今度は複数、ゴブリンより大きい。街道脇の木立に潜んでいるようだ。

どうしよう？　ウッドさんを見上げると、彼も気配を察知して御者に速度を緩めさせた。こちらを向いて頷くしぐさは、『行ってよし』だろうか？

「……行くか？」

「「行く！」」

初手を譲ってもらえるほどに、信頼を得られたことが嬉しかった。オレたちは任された喜びと責任に、緊張を高める。どうやら魔物は４体。シロに乗ってそっと木立を回り込んだところで、タクトが飛び降りた。

「はあっ！」

裂帛の気合いと共に水の剣を発動させ、油断していた魔物を横一文字に薙いだ。耳障りな悲鳴が上がり、吹っ飛ばされた魔物を目視した馬車の方も色めき立った。

「エンガーだ！　加勢するぞ！」

エンガーは成人男性と同じくらいの体長の——端的に言えば、立って歩く茶色いゴリラ、だろうか。あまり単体では行動せず、力が強くて速さもある。

「タクト、２、２に分けて！」

「了解！　セージさん大丈夫だって！　任せて……くれよっ！」

4体のど真ん中を割る水の剣に、左右に飛びすさったエンガーたちが爛々《らんらん》と光る目をこちらへ向けた。

「きゃあ！　料理番の子が！」

セージさんの声を聞いて駆けつけた『ファイアーストーム』から悲鳴が上がった。大丈夫です……オレ、戦闘員です……。これはちゃんと戦闘できるところを証明しなければ。ラキの采配で割り振られた2匹。普段なら3匹はこっちに振りそうなラキだけど、そろそろ2体相手できるって判断だろうか。

『ゆうた、よそ見はいけないわ。どんな相手でも油断はダメよ』

「うん！　そうだね。行くよ！」

1人で2体、馬車の方へもラキたちの方へも行かせてはいけない。早く勝負をつけなくちゃ！

「エア大砲っ」

バッ！　と両手を前へ突き出すと、心の中でドッカン！　と発射する。これ、本来は『ウインドアロー』って魔法なんだけど、正確に点で狙うのって難しい。それなら矢よりもでっかい大砲の方がいいんじゃない？　と思ってできた魔法だ。

見えない砲弾に声もなく吹っ飛んだ1体が、もう1体に激突して鈍い音が鳴った。

折り重なるように倒れ、下敷きになったエンガーが慌てて起き上がる頃には、もう勝負は決まっている。オレはエンガーが振り返るより早く、クロスした両手を大きく振り抜いた。延髄側からの致命の一撃で1体、最初の大砲で倒れていたもう1体にもとどめを刺した。

「ふう……。エリーシャ様みたいに一撃で2体ってわけにはいかないね」

エリーシャ様は、一蹴りで2体同時に倒していたもの。

「はああっ！」

「ファイア！　ファイア！　ロック！　ファイア！」

2人も2体相手に確実な立ち回りができている。自分に決定打がないと思っているラキは、ひたすらにタクトをサポートし、1対1で戦えるよう牽制し、場をコントロールしているようだ。魔力を節約した極小のファイアが何度も1体の顔面に弾け、苛立《いらだ》ったエンガーが目を閉じてがむしゃらに突進すれば石につまづいてひっくり返る。精密コントロールのラキならではの嫌がら……素晴らしい攻撃だ。その間に1体を仕留めたタクトが、危なげなく2体目も撃破。

「「「いえーぃ！」」」

満面の笑みでハイタッチしたオレたちを見つめる『ファイアーストーム』の目は、見事に点になっていた。

「……強いな」

目の前に突き出された、オレの顔ほどありそうな大きな拳。

「ありがとう！」

「へへっ！　割とやるだろ？」

「頑張ったよ～！」

オレたち3人の拳を同時にコツンとできる、立派な男の拳。カッコイイな……憧れを込めて見上げた大きな男は、オレを見下ろして微かに口角を上げた。

「フッ、じゃないよリーダー！　強すぎじゃん？　反応それだけ？　それで済んじゃうの!?」

賑やかなセージさんとは裏腹に、ディルさんとオリーブさんは少しぽかんとしていたけど、ハッとしたあとは怒濤《どとう》の質問が来た。特にディルさんは魔法の使い方について珍しく熱く語って、オリーブさんに引き離されていた。

「本当に強いのね、あそこまでとは思わなかったわ。これ、商人たちはものすごくラッキーね。タダ同然の金額で強力な冒険者を雇えるなんて」

「でも、僕たち経験がないから～。だから、社会勉強にはとてもいいと思ってるよ～」

「なんと、考え方も随分大人だ。これは将来大物間違いないね」

ディルさんは、ぽんぽんとラキの肩を叩いた。それは、オレたちを冒険者として扱うという意思表示のように思えた。

「――あれ？　おねーさん、何してんスか？　口開いてるッスよ」

呆然と立ち止まったままだった『ファイアーストーム』は、最後尾の『女神の剣』に追いつかれてしまったようだ。後ろから「いやいやいや」とか「おかしいから！」なんて、我に返った『ファイアーストーム』の大声が響いて、随分賑やかだった。

「あっちの反応が普通だよな。ウチのリーダーが受け入れすぎぎっていうか……」

「ま、まあ将来Aランクになるような者は、得てして常人とは違ってると言うからね……」

「確かに！　カロルス様はすごすぎだったもの！　絶対小さい頃から普通じゃなかったはずよ！　そういうことね。そこまで上り詰めるような人って、きっとこんな感じなのね」

彼らはカロルス様たちの活躍を目にしているもんね。Aランクは、本当に格が違うらしい。そういう特殊な人たちがいるもんだから、オレも目立ちはするけど、そこまで異端とは思われなくて助かっている。

「な、なあなあ！　それってさ！　俺もAランクになれるかもってこと!?」

「うふふっ！　そうね、あなたなら十分可能性があるんじゃないかしら？　だってまだまだ、大人になるまでにはたっぷりと時間があるんだから」

時間はたっぷりとある、か……。そうだね、オレの人生ってまだまだ始まったばっかりだ。早くみんなを喚びたくて焦っていたけれど、もっとゆっくり大切な時間を過ごすのもいいな。

『うん、いっぱい時間あるからね、まだまだいっぱい遊べるよ！』

『あなたの人生よ、ゆっくり楽しめばいいのよ』

『大丈夫、みんな待てる』

温かいみんなの気持ちが、ふわっと胸に溢れるように感じた。

「ありがとう。……うん、せっかく神様に助けてもらったんだもんね。オレの人生も大事にする。でも、やっぱり早く会いたいなって思うから」

少し涼しい風が吹く草原の空は、高く高く澄んでいて、なんだか心が軽くなるようだった。

移動しながら昼食をとって、オレたちはもうすぐ休憩所というところまでやってきた。エンガー以降も魔物は出たけれど、さほど厄介なものはおらず、行程に支障はない。

「いやいや！　支障なさすぎだろ！　お前ら強いんだよ！　もういいから後ろ行ってろ!!」

「私たちお金もらってるのよ～。あなたたちにばっかり任せてたら立場ないっていうか……」

オリーブさんたちは気を使ってくれるけれど、だってタクトが……。

「なんで⁉　俺も戦いたい！　見たことない魔物多いし経験積んどきたい！」

ほらぁ……。ラキとオレはやれやれと顔を見合わせた。結局タクトだけ『黄金の大地』と一緒に戦闘に参加、オレたちはシロに乗って見守り部隊に徹することにした。

「タクトは戦うのが好きだね～」

「Aランクになれるかもって言われたから、余計に張り切ってるんだね」

「攻撃力高いもんね～。僕もせめて、もう少し強い魔法が使えたらなあ～」

ラキはもう魔力量も十分だし、強い魔法も使えると思うんだけど、どうも自分でストップをかけてしまうようだ。でも、ラキの精密なコントロールがあれば、強い魔法じゃなくても一撃必殺は可能じゃないかな。

「ラキは強い魔法使えるけど使わないんだもん。でも、小さな魔法でも倒すことはできると思うよ？　ラキはとっても精密なコントロールができるんだから、急所を打ち抜いたらどう？」

「え～急所って首とか胸～？　小さな魔法じゃ当ててもそんなにダメージ与えられないよ～？」

うーん、打ち抜くっていうイメージが伝わりづらいんだろうか。

「えっとね……こうだよ！」

ちょうど戦闘を始めたタクトたちにこれ幸いと、狙いを定めて……ドン！

バシュッ！

当たった！　ちょっと狙いは逸れたけど、数匹いた魔物の、奥にいた巨大バッタみたいな魔物が吹っ飛んだ。オレはラキほど精密コントロールじゃないので、狙ったのは胴体のど真ん中。もちろんイメージしたのは鉄砲だ。ただ、ラキに言っておいてなんだけど、これ……狙いをつけるの難しいかも。

「ゆ、ユータ⁉　何したんだ？　魔法か？」

タクトはちらっとオレを見ただけで気にもしていないけど、セージさんは驚いて駆け寄ってきた。戦闘、続いてるよ？

「うん、そうなの。気にしないで！」

「いやいや！　これ以上ないくらい気になるっつうの‼」

まあまあとセージさんを押し返すと、ラキを振り返った。

「あんな感じでね、小さな小さな魔法でも、速さを上げて貫くことを意識したらどう？　ラキなら練習すれば、目とか牙とかそんなところまで狙えるかも！」

「小さく、速く……‼　ユータ、それ……やりたい～！　絶対できるようになる～‼」

うん、咄嗟の思いつきだったけど、これはラキにとても向いているかもしれない。ラキもそう感じたようで、メラメラとやる気が燃え上がっている。

「それで、ユータ、この魔法の詠唱は～？　教えて～！」

「……えっ？」

忘れてた！　ラキはまだ詠唱が必要なんだった。ま、待ってね、今考えるから！　メモとペンを構えてぎらぎらした目で待ち構えるラキを横目に、オレは必死にそれっぽい詠唱を考える羽目になるのだった。

やがて目的の休憩所まで来る頃には、街道の幅も広くなり、森付近では全くと言っていいほど見なかった人の姿が増え始めた。この辺りまで来ると、魔物の数もだいぶ減って襲撃を受けることもほぼなくなっている。森とその付近の草原は、とりわけ魔物の多い場所のようだ。


「はー疲れた！　驚き疲れたぜ！」

「まったく、本当にその通り。私も驚き疲れたよ……もう年なのかね」

セージさんがどすっと座り込むと、ディルさんもよっこいしょと年寄りくさいオーラを漂わせて石に腰掛けた。それならこれだ。オレはちょこちょこ駆け寄って、その手を引き寄せる。

「おつかれさまでした！　甘いのは疲れた時にいいよ、夕食までもう少し待ってね」

ディルさんの手のひらにクルミのキャラメリゼを2つ。これはね、塩分も補給できるようにお塩も入ってるんだよ。

セージさんにも渡そうとしたら、あーんとお口を開けるので素直に入れてあげる。カリカリと美味そうに食べて、もう一度あーんとやるので、くすくす笑いながらもう一度。これは大型肉食獣じゃないね、かわいいワンコか小動物だ。

「はい、これだけだよ？　あんまり食べたら夕食が美味しく食べられないからね？」

「おう！　へへっ！　……なんかいいなこれ。いいかもしんないな」

「あんた何幼児に甘えてるのよ……」

呆れた顔のオリーブさんに、セージさんがちょっぴり顔を赤くして弁解している。

「や、ちょ、ちょっとさ、リーダーが嬉しそうだったし！　俺もやってみたいなーなんて！

お前もやってみろよ！　なんかいいから!!」

「やらないわよ！　なんで私まで……」

やってる方はすごく楽しいよ？　ほらほら、やってみたい？　やってみたいでしょう!?

「オリーブさん！　はい、あーん！」

「えっ？　あ、私はいいのよ!?　ちょっと……もう～」

少し恥ずかしそうにしながら、オリーブさんもノッてくれるようだ。片手で髪を押さえて、伏せた瞳がどこか色っぽい。微かに触れた唇が柔らかくて、女の人は唇も柔らかいのかな、なんて思った。

「な？　なんかいいだろ？」

「美味し！　ん、まあ、ほっこりするわね。ちっちゃなかわいい指ごと食べちゃいたいわ」

「オレの指はおいしくないよ！」

サッと後ろへ回した手を、蘇芳がきゅっと掴んだ。

『指も、おいしい』

あむあむと指に付いたカケラを舐めとろうとするのがくすぐったくて、オレは蘇芳を抱えてきゃあきゃあ笑った。

「ユータ、今日のごはん何～？」

「オレ、肉がいい！」

すっかり料理番になってしまったので、休憩所についてからのオレは忙しい。さて、今日は道すがら捕れた獲物も多かったし、何にしようかな？

「あの茶色いピカピカの肉をくれ！」

「焼いたやつがいい！　塩胡椒《しおこしょう》でいい!!　肉を焼いてくれ！」

「しっかり食えるのこれで最後だろ？　とりあえずいろんなもの出してくれよ！」

タクトたちに続いてあちこちから声が上がり、ぎらぎらした目で詰め寄られ、オレは思わずじりじりと後ずさっていく。

「え、えっと……キジ焼き丼？　照り焼き系にしたらいいかな？」

「ダメだ！　いや、あれも美味いが違うモノも食いたい！」

「いいや！　あれももう一度食いたい!!」

ぎゃあぎゃあとケンカになりそうな勢いだ。分かったよ、色々食べたいものがあるんだね。

「時間、ちょっとかかってもいい？」

「「「おお!!」」」

気合いの入った一同の声に、オレはフンスと気合いを入れて腕まくりをした。


――ふう、と一息吐いて額を拭う。どう？　これで満足でしょう！　オレ、頑張った！

「はい、できたよー！　みなさんどうぞ～！」

「「「おおおおお!!」」」

ずらりと並ぶ品々は、さすがに1人では無理で、ラキとタクトに加え、こっそりラピス部隊にも手伝ってもらった。見つめる商人さんも冒険者さんも瞳がきらきら輝いている。

「みんな好きなものを食べられるようにセルフ形式だから、自分で好きなもの挟んで食べてね！ごはんが欲しい人はこっちにあるからね」

「「「うおおおー！」」」

ガッ!!　と台に群がる面々に慌てて声をかけたけど、聞いているだろうか……。今回はいろんなものを食べたいってことで、セルフサンドウィッチ形式にしたんだ。ちゃんと照り焼き系からシンプルまで、色々な調理法のお肉。そぼろから卵やサラダ、スパニッシュオムレツ風なんかもある。卵はオレの収納から出したものだけど、商人さんが結構な額の料理人報酬を出してくれたから、オレの懐は痛まない。ついでに収納袋を売ってくれとも言われたけど。

一応、依頼者である商人さんたちと分けた方がいいだろうってことで、台は2カ所にしてある。そして今回も、他の冒険者さんたちは有料みたいだ。

「うわ～こんな食べ方もあるんだね～！　楽しい～」

「見ろよ！　俺スペシャルだぞ！」

セルフ形式ってパーティっぽくて楽しいよね！　でもタクト、それはもう挟むってレベルじゃなくて載せるじゃ……？

せっかくだからパーティっぽい雰囲気を出そうと思って、ポテトフライなんかも盛ってある。まずはローストしたお肉にお野菜もたっぷり、たれはもちろん醤油ベースのものをかけて。大きなお口でかぶりつけば、案外柔らかいロースト肉と、シャキシャキしたお野菜が見事にたれと混じり合って、素朴なパンが突如高貴な食べ物に変わったみたいだ。

幸せ顔で小さな口いっぱいに頬ばっていたら、無言でひたすらパンに肉を詰めているウッドさんが視界に入ってしまった。

「ウッドさん……。あの、お野菜も入れた方が美味しくない？　お野菜嫌い？」

「……何をどう入れたらいいか分からん」

普段も戦闘の時もあんなに頼りになるウッドさんが、なんだか困った顔で途方に暮れている。

オレの方ができることもあるんだなって思うと、少し得意な気分だ。

「オレが作ってもいい？　お肉がいいんだよね？」

「ああ。別に、肉でなくても構わん」

きっとたくさん食べるだろうウッドさんのために、ユータスペシャルを作ってあげよう！

栄養バランスもちゃんと考えてね！　俄然張り切ったオレは、次々とスペシャルの作成を始めた。

こってりお肉にアボカドっぽい脂質成分たっぷりの野菜（？）を挟んだ、禁断のこってりサンド、バランスばっちり、卵とサラダのサンド、ちょっぴり繊細な味わいのロースト肉とハーブサンド、あとは……。ウキウキ見繕っていると、ふと気付けばみんなが手を止めてじっとオレの手元を見つめていた。

「なに!?　ど、どうしたの？」

「いや、ユータが作ってるやつが一番美味いだろうと思ってな。真似すんだよ」

そ、そう？　セージさんも自分の好きなように食べたらいいと思うよ？　大皿にいっぱい盛ったユータ特製サンドをウッドさんに渡すと、無表情のウッドさんからぽんぽんとお花が咲いた気がした。そそくさとテーブルを離れ、隠れるようにして食べる様子にちょっと笑ってしまう。そんな、隠れて食べなくたって誰も取らな――。

「リーダー！　それ、ちょうだい!!　俺のあげるから！　交換!!」

「私それ欲しい！　ね、私の手作りと交換しましょうよ！」

「おやおやおや、さすが仕上がりもきれいなものですね。ほら、肉があればいいんだから私のこれと替えっこしよう」

……うん、取られそうだ。ウッドさん、頑張って。ところでオリーブさんとディルさんは、ここにある何を入れたら、そんなでろでろしたものになるの。

食事が一段落した辺りで、ポテトフライ戦争が勃発したみたいだけど、こっちの人は本当にみんな胃が丈夫だ。お腹いっぱいになってから、よくそんな油モノを食べられるね……。ちなみにあれもこれも、全部ロクサレンで作っているって言っておいた。

「明日無事に着いたら依頼達成だね！」

「長い依頼って結構楽しいな！」

「うん、今回はいい人たちと一緒だったしね〜」

テントの中で、オレたちは額をつき合わせてお話ししていた。中央に置いたランプの灯りがゆらゆら揺れて、テントに大きな影を映し出している。

「港町か、楽しみだな！　ちょっとゆっくりしていくよな？」

「そうだね〜せっかく来たんだしね〜。学校にも結構余裕もって申請してるし、タクトの勉強さえできればいいんじゃない〜？」

ぐはっ！　と突っ伏したタクトから、しだいにすうすうと寝息が響き始める。どうやら電池切れらしい。今日は張り切って戦闘していたもんね、相当疲れただろう。

「ふわぁ〜、僕たちも寝よっか〜。ねえ、港町に着いたら〜また、おいしいの食べよう、ね〜」

大体先にオレが寝てしまうので、まだまだあどけない2人の寝顔が見られるのは珍しい。こんなに小さいのに、一人前に冒険者として依頼をこなして……逞しいなあ。

うとうとしているラピスとティアを撫でながら、気持ちよさそうに眠る2人を眺める。出会った頃はもっとふくふくしたほっぺだった気がするのに、子どもの成長は早いなぁ。次第にオレのまぶたも重くなって、かくんと頭が落ちた。慌ててランプの火を消せば、今度は外で揺れるたき火の灯りが、テントにほのかな影絵を描いた。

『ゆーたも、早く寝なきゃダメだよ〜』

テントの外で伏せていたシロが首をもたげ、テントの中にぼんやりと大写しになった。

「うん……ありがとう」

もう一度2人とラピスたちの心地よさそうな寝顔を眺め、シロの影を眺め、なんだか幸せな気分で瞳を閉じた。

「みんな、おやすみ……」


『ほらほらっ、みんな起きるのよ!! 私はテントを畳《たた》めないんだから! 起きてちょうだい!』

――ユータ、いいお天気なの! 起きるの!

もふんっ! まふんっ!!

モモの柔らかアタックと、ラピスのしっぽアタックで起こされたオレたちは、寝ぼけ眼《まなこ》を擦りながら、なんとか出発の準備を終えた。もう面倒になっちゃって、こそっとテントをそのまま収納に放り込んだ。あとで、またあとで畳むから……。

昨日作っておいた朝食用サンドを頬ばりつつ、今日は馬車に乗り込んだ。海も近くなって草原の草丈も随分低くなり、魔物も盗賊も襲撃の恐れはかなり低いってことらしい。

「俺、俺……走りたいぃ!!」

ただ、タクトの魂の叫びだけが街道に尾を引いていた。

港町へと期待が高まる一方、到着すれば『黄金の大地』メンバーともお別れになってしまう。

「またハイカリクに戻ってきたら、魔法のことをもっと色々話したいね」

「私たちもハイカリクにいることが多いし、これからもよろしくね！　あなたが受けている複数パーティの依頼なら絶対受けるわ！」

「おうよ！　美味い飯付き決定だもんな！　戦力も十分だしよ！」

嬉しいけど、そういうのはウッドさんが決めるんじゃないだろうか。寡黙《かもく》なウッドさんは何も言わないけど、同意しているような気配は感じる。ほとんど会話できなかったけど、どこか仲良くなったような気がするのは、漂う雰囲気のせいだろうか。


「着いたーーー!!」

「やった～！」

「わー、結構大きな町だね！」

オレたちはあれから大した魔物の襲撃を受けることもなく、予定より早く港町の門をくぐることができた。うーんと伸びをすると、独特の香りが鼻先を掠めていく。

「ああ、潮の香りがするね！　海って感じだ」

ヤクス村も海に近いけど、漁業をしていないせいか、むしろ牧場の動物と干し草の匂いの方

が強いかな。砂浜まで行かないと、あまり海って感じの匂いはしなかった気がする。

「ん～。ユータが前に作ってくれたお魚料理は、こんな臭くなかったよ～？　僕、潮の香りってもっと美味しそうな匂いだと思ったんだけどな～」

ガッカリした様子のラキにくすっと笑った。そっか、ラキは海自体に馴染みがないんだね。同じく港町――というより漁村のバスコ村だと、貝殻やら海から上がった不要物なんかも方々に置いてあるから、もっと強烈な匂いだったよ。ここは町の規模が大きいし、きれいに整備されているから、磯のゴミなんかが放置されることもないんだろう。ハイカリクほどではないけれど、人通りもかなりある。

馬車を降り、初めての町並みにそわそわしていると、商人さんから声がかかった。

「――『希望の光』、この名前、しかと覚えさせていただきました。指名しますよ、次からは。あなたたちは十分に冒険者で、十分に依頼をこなし、金にがめつい商人から多額の追加報酬を得たとギルドにも報告しておきましょう」

商人さんは、満足そうな顔でオレたち1人1人と握手し、戸惑うほどの報酬を渡してくれた。学校の顔もあるだろうし、遠慮しようとしたのだけど……。

「なに、これは有望な冒険者への繋ぎとして必要な投資です。商人は無駄な金は使いません。全て、ゆくゆくは我ら自身のために。私はガナガン商会のラップリン、どうぞお見知りおきを」

気取ったしぐさで礼をした商人さん――ラップリンさんは、そのまま振り返ることなく立ち去っていった。

8章　花祭り

「へへっ！　褒められたぜ！　俺たち結構頑張ったよな！」

「少なくとも、迷惑にはなってなかったはず～！」

お別れとお世話になった挨拶を済ませ、オレたちは初めての長距離依頼の達成感に浸っていた。夕暮れに染まっていく町並みがひときわ輝いて見える。

「おーい！」

うきうきと町へ歩き出した時、後ろから声がかかった。

「お前ら、今日はどうすんだ？　まだ宿決めてねえんだろ？　一緒に行こうぜ！　俺らはここ初めてじゃねえからさ！」

「明日帰るわけじゃないんでしょ？　それならいい情報もあるのよ」

バッと前に回り込んできたのは、セージさんとオリーブさん。

「どうだい？　仕事終わりに一杯、護衛の成功を祝して乾杯でもしようか」

ディルさんの決定打が背後から響き、オレたちはにんまり笑って顔を見合わせた。

「「「行くー!!」」」

ディルさんはちょっと吹き出すと、お酒、というわけにはいかないけどね、と付け足した。

――かんぱーい!!

ごつん、と重い木製のジョッキがぶつかり、ぱしゃりと中身が飛び散った。オレたちのジョッキにはやっぱりお酒を入れてはもらえなかったけど、このジュースだって美味しい。何より、この場にいることが楽しい。

「それで～、いい情報って何～？」

「やだやだぁー、それ言ったら帰るつもりでしょ！　帰さないもん～！」

オリーブさんがぎゅうっとラキを抱きしめ、いやいやしている。見ている分にはかわいいけれど、さっきからずっとこの調子だ。当のラキの瞳は、既に無の境地になっている。

「俺は朝まで一緒だからな！　お前ら～、夜通し語り明かそうぜ！」

神様が色を間違って塗ったのかと思うほど真っ赤なセージさんが、タクトを締め上げて左右に揺れている。かと思えば威勢よく立ち上がって拳を振り上げ、ぐらりと傾いた。

「しっかりしろよぉー！　朝まで付き合えよアニキー！」

ぐっと抱えるように支え、タクトがけらけらと笑った。なぜかその顔もほんのり赤い……どうやらこっそりセージさんのお酒を拝借《はいしゃく》したようだ。

セージさんたち、お酒弱かったんだねぇ。オレは早々に安全地帯に避難したから被害は皆無だ。酔っ払いには気を付けなきゃ。

　こくりと自分のジョッキを呷《あお》って2人から目を逸らした時、どっしりした背もたれが身じろぎし、目の前にごとりと大きなジョッキが置かれた。何杯目かな？　空になったジョッキを見つめていると、横合いからボトルが傾けられ、またなみなみと満たされた。せめて、と身を乗り出してスンスンやると、鼻の奥がつんと刺激される。

「へくしっ！」

　勢いよくテーブルにぶつけそうになったおでこが、大きな手でガードされた。

「ありがとう！　ねえウッドさん、このお酒、おいしい？」

　ほこほこ温かくて固い手は、そっとおでこを離れていった。振り返って見上げると、ウッドさんはあまり動かない表情で微かに首を傾けた。

「まずくは、ない」

　そりゃあ、まずかったら飲まないだろう。美味しくはないんだろうか。

「ふふ、安酒はね、味よりもこの気分を楽しんでいるんだよ。ユータ君も大きくなったら存分に飲むといいよ」

　ディルさんが大人の顔で笑った。背もたれに体を預けてリラックスした笑みに、なるほど、と思う。オレは以前にお酒を飲んだことはあるはずだけれど、そんな気持ちで飲んでいただろうか？　もう、地球にいた頃のことは夢の中の出来事のように感じる。と、ガサガサした手がするりと髪から頬を滑り、少し驚いて見上げた。

「……柔らかいな。子どもは、どこもかしこも柔らかい」

見上げた瞳はほんの少し細くなり、緩んだ口元とだらりと力の抜けた体は、護衛の時と別人のようだ。リラックス、してるんだな。物珍しそうに撫でる手をそのままに、オレも力を抜いて寄りかかった。いいよ、頑張ったウッドさんのために、子犬代わりをやってあげよう。きっと酔っているんだろう堅物《かたぶつ》の彼は、翌朝これを覚えているだろうか。


――柔らかなものが、ぽふぽふと何度も頭の上を弾んでいる。

『もう明るいわよ！　起きるのよ』

『ゆーた、朝だよ！』

「うわっ！　わ、わかったよ、シロ、ちょっとストップ！」

濡れた大きな舌が遠慮なく顔中を舐め回し、思わず大きな鼻面を押しやった。のしっとベッドに乗せられた両前肢から、ぶんぶんと振られるしっぽの振動まで感じる。ぼんやりと体を起こすと、隣で寝ていたラキも目を開けた。

「あれ～？　ユータがちゃんと起きるなんて珍しい～」

「オレだってちゃんと起きるよ！　あれ？　タクトは？」

昨夜案の定寝てしまったオレは、唯一まともな意識のあるラキと一緒に、ウッドさんの部屋に泊めてもらったようだ。どうやら『黄金の大地』は大きめの部屋しか取れなかったこともあって、オレたちを誘ってくれたらしい。

タクトはどうやらあのままの勢いで、セージさんの部屋に泊めてもらったようだ。夜更かししてなきゃいいけど。もう片方のベッドへ視線をやると、既にそこはもぬけの殻だ。ウッドさんはどこへ行ったんだろう。

「お、起きてんな！　偉いぞ！」

「おはよう！　昨日はちょっと夜更かししちゃったんじゃない？　大丈夫？」

ノックの音と共に入ってきたのは、セージさんとオリーブさん。もしかすると二日酔いかも、なんて思っていたのに、けろっとした顔だ。

「おはよう！　あれ？　タクトは一緒じゃないの？」

「あー、悪い。夜遅くまで付き合わせちまったから、まだ寝かしてるぜ。そろそろ起こしてやるか！」

タクトがまだ寝ているなんて珍しい。そうっと部屋の扉を開けると、なるほど、気持ちよさそうに眠っている。朝日の中で眠るタクトは、オレがまず見ることのない姿だ。

『スオー、起こしてあげる』

ぽすっと無造作にタクトの顔面に座り込むと、蘇芳はスッと両手で鼻を押さえた。す、蘇芳？　起きるだろうけど、それはちょっと……オレならされたくないかな⁉

「……ふぐっ？　ぶへっ！　なんだなんだ！」

飛び起きたタクトが、ぺっぺと口を拭って大きく息を吐いた。どうやら口呼吸の際に思い切り蘇芳のしっぽが口に入ったらしい。当の蘇芳は大層不満げにしっぽの毛並みを整えているので、この目覚ましはきっともうやらないだろう。

「タクト、おはよう！　昨日お酒飲んだでしょ！」

「うっ……で、でもちょびっとだけだぞ！　美味くなかったからな！」

もっと美味いと思ったのに、と憮然《ぶぜん》とする顔はいつもより幼く見えて、オレとラキはたっぷりと寝癖頭を撫でて笑った。

用意を済ませて『黄金の大地』メンバーと合流すると、オレたちも宿で一緒に朝食をとった。朝から見かけなかったウッドさんたちは、どうやら既に依頼を受けてきたらしい。

「――じゃあ、ここでお別れ？」

「そうだな！　だけど行動範囲はかぶってんだから、ハイカリク辺りでそのうち会うって！」

見上げたオレに大きく笑うと、セージさんはぐりぐりと頭を撫でた。

「あ、そういえば、いい情報って何～？　結局聞けてない～！」

「あら？　そうだっけ？　昨日言わなかったかしら？」

言ってないよ……オリーブさん、駄々っ子になっていたもの。オリーブさんはじっとりとしたオレたちの視線に、きょとんと首を傾げた。


「「「──花祭り？」」」

揃った声にくすりと笑い、得意げに細い人差し指が立てられた。

「そ、今日は花祭りの日なの。商人さんたちもそれに合わせて来ているからね！　港の辺りはさすがに雰囲気はないんだけど、丘の方へ行けばすごいわよ！」

私も本当は行きたかったんだけどね！　とオリーブさんは拳を握った。

「どうして今回は行かないの？」

「まあ、このメンバーで行くと……リーダーが可哀想っていうか。かといって1人で行くのも寂しいでしょ？」

「じゃあ、オレたちと行く？」

依頼の内容によるだろうけれど、行きたかったんなら勿体ない。

「ハッ！　なるほど、そんな方法も──ダメダメ、それじゃ私、完全に引率のママさんじゃない！」

　ぶんぶんとボブヘアを振り乱すところを見るに、どうやらオレたちと行くのも無理そうだ。

「花祭り、どんなのかな！　行ってみたい！」

「美味いもんあるかな？」

「お祭りがあるなんてラッキーだね～」

　偶然でこんな経験ができるなんて、冒険者って最高だ。お別れに少し沈んでいた気持ちはあっという間に舞い上がり、セージさんがこの野郎、なんてオレのおでこを突いた。


「――え～っと～、こっちの広場みたいだよ～」

『すごいね！　ゆーた、いろんないい匂いがするんだよ！』

　徐々に人通りが多くなる中、オレたちはシロに乗ってお祭り会場へと急いだ。広場へ近づくにつれ、随分と華やかな姿をした人たちが増えてくる。老若男女問わず、皆盛大に頭に花飾りを付け、鮮やかな服を着ている。町は路上にまで花弁《かべん》が散らされ、色の奔流《ほんりゅう》に目がちかちかするほどだ。さすがは花祭りといったところだろうか。会場となる丘は、一面の花畑らしい。

『……きれい』

　オレにしがみつく蘇芳の大きな瞳には、色とりどりの色彩が流れていた。

広場付近まで近づけばいっそう人混みが多くなり、シロたちはオレの中に戻ってもらった。

「すげーな！　派手な祭りだな！」

「うん、すごいね！　町中がお祭りだね！」

知らずと声も体も弾んで、見所の多すぎる町を見回す瞳が忙しい。

「ほら見て！　――あれ？」

見たことのない大きな花に声を弾ませて振り返ったら、２人がいない。さっきまでそこにいたのに。あれ？　おかしいな……。

賑やかな喧噪《けんそう》が急に遠くなったようだ。見知らぬ町の中、こんなに人がいるのに、どうしてか独りぼっちになった気がした。右に向きを変え、左に方向転換し、後ろを振り返った。いない……。見えるのは人の脚、脚ばかり。何も怖いことはないと分かっているのに、さっきまでとは違うどきどきが押し寄せてきた。

「ピピッ」

その時、小さな鳴き声と共に、ふわりと片方の首筋が温かくなった。ティアのふわふわした羽毛が触れているのを感じる。知らぬ間に固く結んでいた唇が、ふっと緩んだ。

『心配いらないわ、私たちがいるわよ』

『どうしたんだよ主ぃ！　祭りだぜ！　なんでそんな顔してるんだ？』

ぽすぽすと肩で跳ねるモモと、小さな手がぺちぺちと頬を叩くのを感じる。オレ、どんな顔してたの？　くすっと笑って固い握り拳を開くと、渋滞している両肩のふわふわを撫でた。

『大丈夫だよ、ぼくの鼻ですぐに分かるよ。でも――』

シロの声が楽しげに響いた時、ぐいっと腕を引かれた。

「ユータ、はぐれちゃうよ～側にいて～！」

引き寄せられるまま、ぶつかったラキの体に腕を回した。恥ずかしい。魔法だってある、ラピス部隊だっているし、シロやみんなだっている。なのに、ちょっとはぐれただけでこんなに揺れるなんて。まだ幼いラキやタクトの存在に、こんなに安堵するなんて。オレの心はちっとも思い通りにならない。不自然にしがみつくオレに、ラキは何も言わなかった。

「さ、行くぜ！　ちゃんと兄ちゃんが守ってやるからな！」

ややあって、元気な声と共に強い力がオレの手を握った。思わず上げた視線が、光を帯びた瞳とぶつかる。強い意志を秘めたその瞳は、一度瞬き、にかっと人懐こい笑みを浮かべた。

「なんならおんぶしてやろうか？　俺は強いからな！」

今朝方の幼いタクトとは別人のようだ。ふふんと胸を反らした姿につられるように笑って、オレもきゅっと手を握った。

「いらないよ！　オレだって強いよ！　オレが守ってあげるから！」

「確かに～、ユータは強いもんね～」

タクトがうっと詰まって、ラキがくすくす笑った。

「――だけど、いつも強くなくて大丈夫だよ～」

ぎくりとした。失敗が見つかった子犬の気分だ。そっと見上げると、覗き込むように視線が注がれている。仕方なくこくりと頷くと、見つめる瞳はふわりと視線を緩めたのだった。


広場まで来たものの、ここは会場なんだろうか？　ごった返していて何も見えない。これじゃお祭りを楽しむこともできない。

「もっと詳しく聞いておけばよかったね、お祭りってどこで何をしてるんだろう」

「美味い店とかねえのかなー。花があるだけかぁ」

タクトがカロルス様みたいなことを言って鼻を鳴らした時、何か配っていたおばさんが声をかけてくれた。

「坊やたちもお祭りに参加したいのかい？　だったらこっちだよ」

にこやかなおばさんに案内されるまま広場を横切ると、小さなお店に辿り着いた。お花屋さんだろうか？　狭い店内にはわりあい多くの人が、手に手に花の束を取ってはカウンターに向かっていた。

「お客さん、連れてきたよ！」

ぐいっとオレたちを店に押し込んで威勢のいい声をかけたおばさんに、えっ、と振り返った。

「なんだい？　参加するんだろう？　小さいけど悪い店じゃないよ、他より空いているし、いいチョイスだろう？」

悪意のない表情にひとまず安堵すると、ラキがおばさんの服の裾を引いた。

「僕ら、町に来たのもお祭りも初めてなんです〜。ここで何するんですか〜？」

「あらま！　それは悪かったよ」

目を丸くしたおばさんは、素晴らしいマシンガントークでお祭りについて語ると、慌ただしく出ていってしまった。

この町は港町であると同時に、観光の町としての側面もあるらしい。船はあまり庶民《しょみん》に一般的な乗り物ではないけれど、貴族が遠方から乗り入れやすいのも観光地としての長所だそう。そもそも『観光』だなんて、貴族か余裕のある人々しかできないことだ。

そして肝心《かんじん》の花祭りは、それを盛大にアピールするために始まったらしい。だからこんなに見た目が派手なんだね。非日常を存分に味わってもらうためのイベントは、参加者にも一定のルールがあった。

「どんなのにしようかな！　選ぶのってわくわくするね！」

満面の笑みで振り返ると、２人は微妙な表情だ。

「うーん、花飾りってなぁ……祭りは参加してえけどさー」

「まあいいんじゃない～？　みんな付けてるんだから恥ずかしくないよ～」

参加者は頭に花飾りを付ける、というのがお祭りのルールだ。広場にある花屋さんで各々チョイスする仕組みらしい。実質の参加費だね……開催者は商人さんなんだろうか？　やり手のオーラを感じる。

花飾りの組み合わせやスタイルは無限大だ。落っことすと大変なので、オレたちは一番安定していて、男性にも人気のあるシンプルな花冠《はなかんむり》スタイルをチョイスした。あとは使用する花を選んで持っていけば、その種類の花を使って制作してくれる。

「俺なんでもいいから、適当に選んでくれよ！」

「ふ～ん、じゃあ、ふわっふわなカワイイのを選んでもいい～？」

「却下!!　くそー地味そうな花を選べばいいんだよな！」

オレたちまだ子どもだもの、花冠って格好よくはないけど、子どもが身に付ける分には大して違和感はないだろう。オレはさほど抵抗感もなく色とりどりの花を眺めた。だけど、確かにウッドさんが身に付けるとなると……。きっと以前参加した時は、誰かに任せて作ってもらったんだろう。オリーブさんだと案外何も考えずにかわいらしい花を選びそうだ。仏頂面でかわいらしい花冠をかぶせられたウッドさんが目に浮かび、思わず吹き出した。

店内の花を物色していると、ふわりといい香りが鼻先を掠めた。スンスンと香りの元を探せば、ひっそりと目立たない小さな花から漂ってくるらしい。

「いい香りだね！　色もたくさんあるし、これ1種類だけでいいんじゃないかな」

『ええ～もっと大輪の花とかあっちの美しいのとか、色々あるじゃない！』

モモは少し不満そうだけれど、あんまり華やかになってもどうかと思うし、ずっといい香りがしていると気持ちよさそうだ。

「あら？　ぼく、このお花だけで作るの？　お姉さんが選んであげましょうか？」

「ううん！　このお花が好きだからこれだけでいいの！」

お姉さんの視線からマリーさんたちと同じ何かを感じて、慌てて首を振った。

「そう……勿体ないわ、こんなに映《は》えそうなのに。この花でどこまでできるか……」

どうやらお姉さんの職人魂に火がついてしまったようだ。普通でいいです、普通で。

「へえ、これ全部同じお花なんだ～！　だけど豪華ですごいね～！　いい香りがする～」

「お前、すげーいい匂いだぞ！　魔物がいたら真っ先に狙われそうだ」

魔物は別に、お花の香りに惹かれてはこないでしょう。お姉さん渾身の花冠は、小花ながらふんだんに花が使われているおかげで、とても華やかに仕上がっていた。センスの光るマルチカラーな仕上がりは真似できそうにない。たっぷりと盛られたおかげで、香りもひときわすごいことになっていた。一方のタクトは地味な花ばかり選んだ割に、やはり仕上げたお姉さんのセンスが光る逸品だ。どこか月桂樹《げっけいじゅ》の冠を思わせるのは、戦闘好きのタクトだからだろうか。

「ラキぃ～！　お前格好いいの選べるんじゃねえか！　俺のも選んでくれよ！」

「やだよ～。そしたらお揃いになっちゃうじゃない～」

さすがは加工師、やはり見る目が違うのか……ラキのそれは花冠のくせにどう見てもメンズライクな仕様で、まるで武具のように格好いい。お姉さんときゃっきゃ言いながら作り出した傑作だ。当のお姉さんも男性客への参考にしたいと息巻いていた。

「とにかく、これで堂々と食いに行けるんだよな！　早く行こうぜ！」

お祭りは食べに行く場所じゃないと思う。だけど、オレだって他の何よりそれが楽しみだ。おばさんによると、花ミルクって言われるものが名物らしいので、それは外せない。

「――なんか、地味だな。こっちで合ってるよな？」

「そのはずだけど～。どうしてここは花がないんだろうね～」

広場の奥には、まるで砦《とりで》のように無骨で大きな木製の壁が作られていた。中央は大きく開いているけれど、カーテンが垂らされて奥を窺うことはできなかった。もしや、きれいに飾られているのは町中だけなんだろうか。ガッカリ感が拭えないけれど、どうやらこれが花祭りの丘へ入るためのゲートらしい。

オレたちは顔を見合わせて苦笑いすると、幾重にも垂らされた分厚い布を掻き分け、暗いゲートをくぐり抜けた。

「「わ、わあぁ～！」」

重い布を押しのけた途端、周囲がぱあっと開けた。くすんだ色の町並みから一転、これでもかと言わんばかりの、鮮やかな色彩の渦《うず》。

「す、すごい……」

思わず呆然と息を飲んで足を止めた。……そうか、花ってものは、こんなにも鮮やかなのか。こんなにも美しいのか。そして、そのための暗いカーテン、地味なゲートだったのか。

「お見事、だね～」

「まんまとしてやられちまったぜ！」

花冠と青空のせいだろうか。２人の笑顔も陽の光に彩られ、花のように輝いて見えた。

「会場、結構広いね！　１日じゃ全部見るのは無理そう……」

遠目からは小さな丘に見えたけれど、会場となる丘は端まで見渡せない広さがあった。ハイキングコースのように入り組んだ道は複数のルートがあり、1つを選んでも頂上まで登って下りてくるだけで丸1日かかりそうだ。

「確かに～。でも何回も上り下りはしたくないな～どれか1つの道を選ぼう～？」

「俺、なんでもいい！　屋台どこだ？　店が多いところにしようぜ！」

タクトは花より食べ物だね。だったら、道幅が広めのルートがいいかな。

適当なルートを選んで歩き出すと、ほどなくして屋台が並ぶ一角に辿り着いた。

「美味そうだ！　まずはあれだな！」

さっそく駆け出したタクトが、串焼き肉の屋台へと飛び込んだ。それ、普段の露店《ろてん》と何も変わらないと思うんだけど。

申し訳程度に花が飾られた串には、握り拳ほどの大きな肉が5つも刺さっていて、オレが片手で持つと串が頼りなくふらふらする。だけど、両手で持つと非常に視界の邪魔になる。結果、まだ丘を登ってもいないのに、さっそく腰を下ろす羽目になった。

がぶり。大きなお肉に思い切りかぶりつくと、ぼたたっと肉汁が地面へ滴った。オレの小さなお口では対応しきれず、お鼻と両頬がべったりと汚れたのを感じる。でも、構うもんか。こうやってワイルドに食べるのが冒険者、でしょ？　ぶちりとことさら荒っぽく繊維を食いちぎり、オレはむふっと笑った。

『残念ながらどう見ても、お口の周りを汚した坊や……ね』

……なるほど。そういう見方もできなくはない。慌てて顔を拭おうとしたところで、あったかい舌がべろりとこそげるように頬を舐めた。

『勿体ないよ！　こっちも、こっちも！』

「わ！　シロ、ストップ！　ほら、これあげるから！」

汚れは落ちただろうけど、代わりによだれがたっぷり。シロはお肉の香りに我慢できなくなって出てきちゃったらしい。お肉を1つ串から外して放ると、ガキンと音がしそうな勢いで食らいついた。どうせオレ1人でこんなに食べられないもの、みんなに分けてあげよう。モモに1つ、ラピスとチュー助に1つ。ティアは軽くついばんでいらないとそっぽを向き、蘇芳は手が汚れるのがお気に召さないらしい。

『おいしい』

一口ずつむしっては蘇芳の小さなお口に押し込むと、もむもむと満足そうに頬ばっている。ごくんと嚥下して再びお口を開けるところを見るに、美味しいけど自分では食べないらしい。

みんなで一心不乱にお肉を貪っていると、花カゴを持ったお姉さんが近寄ってきた。

「まあ、君たちだけで参加なの？　うふふ、かわいいわぁ！　楽しんでいってね！」

そう言って微笑むと、また花を飾ってくれた。これ、既に3回目。この花祭り会場では花カゴお姉さんがスタッフの役割を担っているらしく、気が向いたらこうして出会った人に花を飾りつけて祝福してくれる。子ども3人は目立つらしく、わざわざ遠目からでもやってきて花をくれる。こんな頻度《ひんど》で出会っていたら、てっぺんに着く頃には全身花だらけになっているんじゃないだろうか。

「あ~美味かった！　次何食う？」

大きなお肉の串を2本も平らげ、満足げな顔をしたタクトが立ち上がった。結局オレはお肉1つと蘇芳が残した半分でもう十分。あとはデザートくらいしかいらないかも。

「じっとしてると花だらけにされちゃいそう~早く行こう~！」

また遠くからこちらへやってきそうな花カゴお姉さんを見つけ、オレたちは慌ててその場をあとにした。

屋台通りを歩きつつ、タクトは次々新たな獲物を見つけ、常に両手が塞がっている。薄焼きの固いパンにお肉を挟んだもの、でっかいウインナー、具だくさんのスープ等々。きっとタクトは3つも4つも胃袋があるに違いない。ラキだってお花のスープだなんて珍しいものを入手していた。どれも美味しそうだけど、残念ながらオレの胃袋は1つしかない。

「食わねえの？」

「食べられないの！　でも、ちょっとだけ欲しい」

不思議そうな声音にムッと唇を尖《とが》らせると、タクトはにかっと笑った。

「どれ食う？　これ美味いぞ。ほら、こっちも美味い」

選ばせてくれるんじゃないの？　オレは次々口元へ差し出される食べ物を一口ずついただくのが精一杯だ。これじゃまるで蘇芳みたい。

「ユータ、これも美味しいよ～。見て～、きれいでしょ～」

お花のスープは花びらが浮いて見た目も美しい。ハーブ系のお花だろうか、こくりと喉を通すと独特の香りが広がった。

「どれもおいしいね！　ありがとう！」

1人だと食べられなかったけど、2人のおかげで色々な味が楽しめちゃった。オレは重たいお腹をさすると、2人を見上げてふわっと笑った。


しばらく屋台通りを楽しんで歩いていたけれど、そろそろお店の並びがまばらになってきた。タクトはガッカリしているけれど、さすがにもう十分だろう。それにつれて、人通りも徐々に少なくなってきている。そんな中、ひときわ目を引くお店に行列ができていた。

普段の露店に申し訳程度に花のオプションが付いたような店が多い中、花祭りのために造られたような外観が目を引く。お店を離れる人が手に持っているのは、飲み物だろうか。

「あ、もしかしてこれが花ミルクじゃない～？」

ああ！　すっかり忘れていた。オレはちょっとお腹をさすって、しょんぼりとする。

「大丈夫だよ～！　ユータの収納に入れておいて、てっぺんで飲もうよ～」

「おう！　着いたら乾杯しようぜ！」

左右から降ってきた笑顔に、オレもぱっと顔が輝くのを感じた。そっか！　丘の上で乾杯、それも花ミルクで。それって、完璧だ。きっとオレのお腹だって、頂上へ着く頃には花ミルクが入るくらいの容量は空いているはずだ。安堵して漏れた笑みに、２人もさらに笑った。

「うわあ、これが花ミルク！　見てるだけで楽しいね！」

「面白いね～！」

オレはわくわくと手元を覗き込んだ。花ミルクは、その名の通りミルクに花の蜜を混ぜたもののようだけど、まず、コップがお花だ。筒状の花弁を持つ花が、まるでシャンパングラスのように飲み物を湛《たた》えて手に収まっている。さらに、ストローも中空になった花の茎《くき》だった。選ぶ花の蜜によって花ミルクの香りもそれぞれ違う。オレたちは念入りに話し合って３種類を選んだ。そっと顔を近づけると、ふわりと甘い香りがして、慌てて収納に入れた。

「ねえ、早く行こう！」

出来たての香りも温度も何もかも。すぐさま収納に入れたからきっと大丈夫、あとでそっくりそのまま楽しめる。だけど、逸る気持ちは抑えられず、ぐいっと2人の手を引っ張った。

「いいけど、早く行っちまうとお前の腹が空かないんじゃねえ？」

「せっかくだから、ゆっくりお花を楽しんでいこう～」

そ、そうか。わしゃっと頭を撫でた手と、そっと繋ぎ直された手。オレだけはしゃいでいるみたいで、ちょっぴり恥ずかしくなった。

花ミルクの店を出てしばらく、道幅が狭くなってついに屋台がなくなった。比例して周囲の人も減っている。やっぱりみんな花より団子なんだね。屋台でお祭りを楽しむだけなら裾野の方でいいのかもしれない。

「この辺りならシロたちも出てきて大丈夫だよ」

お肉の時は我慢できなかったけど、シロは他の人の迷惑になるからとイイコでオレの中に控えている。人通りが少ないならもういいだろう。

『ぼくも一緒にお散歩する！　気持ちいいね、お日様とお花と、土のいい匂いがするね』

にこにこと飛び出した白銀の毛並みが、陽の光を浴びて眩しいほどに輝いている。振られたしっぽはサラサラと音を立てて光の粉が舞うような気がした。

「ほら、シロも花祭り！」

花カゴお姉さんにもらった花を使って、シロも飾りつけてみた。白銀に添えられて、花はいっそう色彩を強めて輝いたように見えた。

「みんなも飾ろうね」

ラキやタクトも加わって、道すがらティアやチュー助、みんなにも花を飾った。お花って不思議だね、そこにあるだけで、ぱっと一段光が強くなったような気がする。

――ラピスは、ユータと一緒がいいの！

そう言うので、ラピスはオレの花冠から少し抜き出して飾った。小さな花が小さなラピスにちょうどいいサイズだ。大きな耳をぴこぴこさせるもんだから、すぐに落っこちてしまいそう。

『うふふっ。いいわね、かわいいわ。素敵』

モモは差し込めるほどの毛皮がなかったので、小さな花冠を作ったんだ。まふまふと伸び縮みして頭（？）の上で弾ませたり、うっとり眺めてみたり。載せてなきゃいけないから面倒がるかと思ったけれど、珍しく子どものようにはしゃいでいる。一方の蘇芳は飾られた花を手に取ってじっと見つめると、止める間もなくぱくりと口へ入れた。

『……甘くない』

なんとも言えない顔に思わず吹き出した。きれいだもんね、甘そうな気がするよね。

――ユータ、蝶々、ついてくるの。

花畑の上を飛んでいたラピスが、きゅっきゅ言いながら戻ってきた。

「わあ、きれいな蝶々だね！」

ラピスを追いかけるように飛んできた大きな蝶々が、ふわりとこちらへやってくる。ひらひら、ひらひら。花畑の真ん中で立ち止まっていると、蝶々がたくさん周囲を舞い始めた。

「あれ？　どこ行ったの？」

通り過ぎようとした大きな蝶を見失い、きょろきょろと見回した。

「ユータ、リボンみたいだよ～」

「お？　なんかすげー！」

見えないよ！　何がすごいの？　オレを眺めて目を細める2人を、そわそわと見上げる。

『すごいわね、とってもきれいよ』

『ゆーた、蝶々がいっぱいだよ！』

どうやらオレの花冠に、色々な蝶々が集まってきているらしい。だけど、オレは見られないのでちっとも面白くない。

『いい匂いだもんな！　主、ほら、アレ、アレ！』

チュー助の示す地面に目をやれば、くっきりと影絵が映し出されていた。わ、すごい。オレの頭は大小様々な蝶々がたくさん連なり、さながら蝶々の冠だ。ひらひらと周囲を舞う蝶々も相まって、絵本の挿絵みたい。どうやらこのお花は蝶々も好きだったらしい。入れ替わり立ち替わりやってくる蝶々は途切れることがなく、オレはまるで蝶の移動式立ち呑み屋さんだ。

『あなた、もうちょっと素敵な表現はないの……』

美しい蝶々たちが、途端に一杯やってくおやじさんたちに思えて、くすくす笑った。


「お、あれがてっぺんか？　なんかあるぞ」

蝶々を引き連れながら歩いていると、丘の上にちょっとした鐘楼《しょうろう》が見え、カランカランと澄んだ音が聞こえた。鐘楼のある広場にはあちこちから登ってきた人たちが、思い思いに集《つど》っているようだ。オレたちは顔を見合わせて手を繋ぐと、ゴールに向かって走り出した。

「ついたー！」

頂上までを一気に駆け上がると、広場の視線が全部こっちを向いている気がする。

「すごいわ……妖精みたいね」

「あんなに集まるもんなのか」

さわさわと聞こえる声と視線に、ちょっと居心地悪く肩をすくめた。蝶々をいっぱい連れてきたもんね、そりゃあ目立つだろうな。

「乾杯しよっか～。僕たちの特別席、作っちゃう～？」

とん、と肩にのしかかる圧力に顔を上げると、ラキがスッと目を細めて手を挙げた。ズズッと盛り上がる土壁に遮断《しゃだん》され、途端に世界の彩度が下がる。

「壁を作ると、お花が見えなくなっちゃうよ？」

「そうだね～せっかくのびのびできるんだもんね～」

あっさりと土壁を戻し、ラキは周囲を見回してにっこりとした。どこか迫力のある笑顔を訝《いぶか》しく思っていると、タクトが呆れた視線を寄越して苦笑していた。

オレたちは広場の隅で座り込むと、さっそく花ミルクを取り出した。乾杯、と花の器を合わせてにんまりと笑う。お花の器はそれ自体がほのかに香って、支える手に不思議な感触を伝えた。ひんやりと柔らかで厚みがあって、バナナの皮を撫でているみたい。

「思ったより美味い！　お貴族様の味がするぜ！」

「上品だね～甘いけど大人っぽい味だよ～」

器と香りを楽しんでいると、２人の感想が聞こえて、慌ててオレも口へと含んだ。バラのような香りと共に、どこか懐かしい甘みが広がる。本当だ、たっぷりと甘いけれど、この香りがくどくさせずに高級感を感じさせる。３人で取り替えっこして楽しむと、それぞれスミレとバニラのような香りがした。元になった花も見てみたいな。これ、温かくしても冷たくしても美味しいだろうなぁ。

鼻に抜ける香りを楽しみながら顔を上げると、ひらりと花冠から離れた蝶々が唇にとまった。

蝶々も花ミルクが飲みたかったかな？　ついくすっと笑うと、すぐに飛び立ってしまう。ちょっぴり残念に思いながら目で追っていると、ひときわ大きな花が目に付いた。カロルス様の手のひらほどもある、丸いベル状の花が連なって、巨大なスズランのようだ。

「——あれ？」

気のせいだろうか。連なった花の1つが、この明るい中でもほんのりと光を帯びている気がする。首を傾げて近寄ってみると、微かな声が聞こえた気がした。

「ユータ、どうしたの〜？」

「でっけえ花だな！」

じっと花を見るオレに不思議そうな顔をすると、2人も巨大スズランを眺めた。

「あそこの花だけ、光ってない？」

指さして尋ねてみるけれど、2人は首を傾げるばかりだ。耳を澄ませると、微かな声はすすり泣きのように思える。

「……お花さん？　泣いてるの？」

鼻が触れるほどに近寄って、そっと声をかけてみた。花は泣かないだろう。でも、ムゥちゃんみたいな生き物もいるのだから、決めつけてかかるのはよくない。現に、クスンクスンと泣いていた声がぴたりと止まった。じっと見つめていると、俯《うつむ》いた花の先からチロリと何かが覗き、すぐに引っ込んだ。

『せいれいさま……？』

小さな震える声が頼りなくて、思わず伸ばした手にぽとりと何かが落ちてきた。

『おはなの、せいれいさま？』

オレの手に収まるほどに小さい。その子は一生懸命涙を堪えながら、縋るように見上げた。

「わ、妖精さん……？　ううん、オレは精霊じゃないよ」

「ユータ、何持ってんの？」

「それ、まさか、妖精～？」

2人に覗き込まれ、妖精さんが大きく目を見開いた。ひくっと大きくしゃくり上げたかと思うと、体を震わせ、身も世もなく大泣きし出した。

「ええ!?　ど、どうしたの？　とにかく、ちょっと人の少ないところに行こっか」

妖精さんは珍しいから、きっと人に狙われてしまう。オレたちは慌てて人通りの少ない道へと駆け出した。

「ユータ、どうしたんだよ？　それ何なんだ？」

「見たでしょう？　多分妖精さんだよ。あんまり泣くから見つかっちゃいそうで」

「泣いてるの～？　でも大丈夫じゃない～？　僕たちには聞こえないよ～」

そうなの？　そういえばチル爺たちも他の人には見えないし聞こえないんだった。だけど、2人の視線は、手のひらにいる妖精に注がれている。

「見えねえんだけど、じーっと見たら、なんか見えるような気がするんだよ」

タクトが目を見開いたり眇《すが》めたりして、なんとか妖精の姿を捉えようとしている。ラキはもう少しうっすらと何かの形が見えるらしい。妖精トリオは全く見えないのに、この子はどうして他の人にも分かるんだろう。

「ねえ、どうして泣いてるの？　オレは精霊さまじゃないけど、できることはするよ？」

泣きじゃくる小さな背中をそっと撫でると、ラピスもぽんぽんと頭を撫でた。

——泣いていたら分からないの。ちゃんとお話しするの。

『えっ？　てんこ、さま⁉　てんこさまぁーー』

小さな瞳をいっぱいに見開いた妖精さんは、再び泣いた。ラピスを抱きしめ、絶望から安堵に変わった声でわんわんと泣いた。


——それで、どうしたらいいか分からなくて泣いてたの？

なんとかラピスと管狐《くだぎつね》でなだめて事情を聞き出すと、やっと泣きやんだ妖精さんはこくりと頷いた。溶けてしまうんじゃないかと思うほど泣いて、小さな体はまだひっくひっくとしゃくり上げては震えている。

「そっか～お花と一緒にここまで運ばれちゃったんだね～」

「迷子かぁ。家まで送ってやりてえけど、その家が分かんねえもんな」

花祭り会場の花は、一時的に外から運ばれたものも多数ある。この花もそうだったらしい。

妖精さんは花の中で眠って、目覚めた時にはここにいたそうだ。周囲は人だらけで出るに出られず、どこに行けばいいかも分からず泣いていたようだ。妖精の年齢なんて分からないけれど、どうも妖精トリオよりもさらに幼い気がする。だから上手く姿を隠せないのかな。

「ひとまず、町の外に出た方がいいかな？　ねえ、君の名前は？」

『……パプナ。15さいなの。あのね、せいれいさまは、ひとのこ？』

15歳！　オレより年上だけど、妖精トリオたちの半分にもならないってことは、妖精的には相当幼児じゃないだろうか。それこそ、生まれたてくらいの認識でいいのかもしれない。じっと見つめるパプナの視線に、ふと以前妖精トリオが言っていた言葉を思い出した。そっか、オレは妖精さんから見るときれいな光なんだっけ。それで精霊様だと思ったのかな。

「オレは人の子だよ。だけど妖精さんが見えるし、妖精さんの友達もいるよ」

パプナは小首を傾げて目を瞬かせた。そうだ、もしかするとチル爺たちなら、この子の住んでいた場所を知っているかもしれない。ラピスに頼んでチル爺と連絡を取ってもらい、その間オレたちはオレたちで町の外を探索することにした。

「多分あの花は、町の依頼で冒険者が採ってきたと思うんだ〜。大した依頼料じゃないから、そんなに遠かったり苦労する場所じゃないはず〜！」

何かの依頼ついでの小遣い稼ぎ感覚らしいし、巨大スズランは普通に会場の一角にあったもの。盗まれたりするような貴重な品ではないってことだ。

「シロ、分かりそう？」

『う〜ん。まだ分からないよ。近くにあれば分かると思うんだけど』

道すがら花カゴお姉さんに聞いてみると、あの巨大スズランは水辺の半日陰《はんひかげ》に咲いていることが多いそうだ。半日陰ならきっと森の中と見当を付け、まずは付近の森を散策している。

「この森は見たことありそう？」

肩に座ったパプナに聞いてみるけれど、潤んだ瞳で小首を傾げるばかり。ところで、妖精さんといえばいつもくるくる飛んでいるのだけど、パプナは一向に飛ぼうとしない。背中には翅があるけれど、どうも妖精トリオの翅よりも縮んでいるような気がする。さながらアイロンをかける前の洗濯物みたいだ。

『パプナはどうして飛ばないんだ？』

もしかして、まだ飛べないんだろうかと思ったところで、チュー助がズバッと尋ねた。

『はねがなおるの、まってる』

「え、翅はどうしたの？　怪我したの？」

小さな首を振って、パプナがしゅんと肩を落とした。

『おはなのおくで、ぎゅっとしてたら、くしゃくしゃになった』

これでもだいぶ伸びてきたらしい。小さな手が心細そうに背中の翅を撫でた。まだ幼いから翅も柔らかいんだろうか。怪我じゃないから回復魔法だと効くかどうか分からない。でも、生命の魔力ならなんとかなるかな？　パプナに許可をもらって、そうっと魔力を流してみる。翅に流れる血流を増やすようなイメージで……どうだろうか。

『あったかい』

うっとりと心地よさそうな顔をしたパプナの背で、縮こまった翅がみるみる伸びていった。まるで蝉《せみ》の羽化を早回しで見ているようだ。

『あ……はね、なおった！　とべる、とべる！』

ぽうっとひときわ光を強めると、パプナは真っ赤な頬をして空中をくるくると舞った。

「あれ？　見えるぞ。ユータ何したんだ？　妖精見えるようになったぞ」

「ほんとだ～ちゃんと見えるよ、かわいいね～」

しっかりとパプナを追う2人の視線にハッとした。そうか、生命の魔力を流したから見えるようになっちゃったのかな。

「これなら間違って斬ることはないから安心だぜ！」

タクトがホッと息を吐いた。さっきからちらほらと魔物と遭遇しているのだけど、２人は戦闘のたびに、知らずにパプナを攻撃に巻き込むんじゃないかと不安でならなかったらしい。

「うん、これならちゃんと守れるよ～。パプナちゃん、安心してね～」

にこっと微笑んだラキに、パプナが恥ずかしそうにオレの陰へ隠れた。


当てもなく森の中を進んでいると、ひたすら匂いに集中していたシロがピタリと足を止めた。

『――見つけた！　あの花の匂いがするよ。こっち！』

天を仰いだ瞳をスッと一方向へ定め、力強く宣言する。間違いなく花はある。だけど、そこがパプナのいた場所かどうかは分からない。

シロの案内で辿り着いたのは、木々に囲まれるようにひっそりと、慎《つつ》ましやかに存在する小さな湖だった。それは決してエメラルドのように輝かないけれど、翡翠《ひすい》のように柔らかな光を湛えて座しているようだった。

「あの花があるね！　どうかな？　オレ、ここのような気がするんだけど」

半ば確信を込めてパプナを見つめる。だって、ここは他と違う。ルーの湖のような、奥深い力を感じる。タクトとラキも何かを感じたのか、静かに息を潜めている。

『……ここ、なの？　いっぱいのおみずと、おはながあるとこ……』

ふらふらと周囲を飛び回ったパプナは、じっと佇《たたず》んで振り返った。再び溢れんばかりに涙を盛り上がらせ、不安いっぱいの瞳がオレを見上げる。

『わからない。ここ、かも。ちがう、かも。ここ、おいていく？』

ぎゅうっと握られた小さな拳を見て取って、慌てて小さな体を手のひらで包んだ。

「分からないなら置いていったりしないよ！　大丈夫、どうしてもお家が分からなかったらチル爺たちに探してもらうから、しばらく一緒にいようね」

学校へは連れていけないから、万が一お家が分からないならルーに預かってもらって――。

零れそうな涙におろおろと考えを巡らせたところで、落ち着いた声が聞こえた。

『道が閉じておるからの、幼子《おさなご》には分からんじゃろう』

『きたよー』『おさなごー』『もうだいじょぶー』

今度はオレが泣きそうになってしまった。よかった、きっとこれで大丈夫。小さなチル爺の大きな存在感に、オレは心から安堵した。

『知らぬ子じゃが、ここは妖精の道があるからの、そこから来たんじゃろうて』

妖精のおじいさんと聞いて、姿を見られないタクトとラキが畏《かしこ》まって座っている。大丈夫だよ、チル爺はそんな大層なものじゃないから。

『お主、なんか失礼なこと考えておるの。ワシ、こう見えて、割とお偉いさんなんじゃけど』

「大丈夫！　オレだってちゃんと師匠だって思ってるよ！」

チル爺の胡乱げな視線を受け流し、見るからに表情を寛げたパプナを目で追った。きゃっきゃとはしゃぐ妖精トリオとパプナは、もう友達になったようだ。

『しかし、あんな幼子がよく見つからずに保護されたものよ。運のいいことじゃて』

チル爺もつられるようにパプナを眺め、長い髭を撫でた。よかった……弱った妖精は姿を隠せなくなってくるらしいので、あのままだといずれ見つかっていただろうから。

「ユータ、それで？　なんて言ってるんだ？　パプナは帰れるのか？」

痺れを切らしたタクトの声に、オレもチル爺を見つめる。

『ふむ、ひとまずこやつが暮らしていた里へ、連れていくことはできるの』

言うなり杖を掲げると、ふわりと光が広がった。同時に、小さな湖がぼうっと光を湛える。

2人が反応しないのを見るに、この光も一般には見ることができないようだ。

『あ、ここ！　ここであってた！』

『うむ、道を開いたのじゃ。幼子よ、勝手に道を外れて遊ぶでないと言われておったろう。こういうことになるでな、これに懲《こ》りて大人の言うことは聞くものじゃ。お主らものう』

最後の台詞は妖精トリオに向けて。はーいと元気に返事をした3人は、果たして分かっているのだろうか。淡い光の中で、歓喜するパプナがスミレ色の光を明滅させて舞い踊っていた。

「――じゃあ、パプナ。お別れだね」

名残惜しくもあるけれど、パプナのきらきらした瞳を見ると、ただよかったと思う。

「もう迷子になるんじゃねぇよ！」

「妖精さんが見られてよかったよ～気をつけてね～」

代わる代わる撫でられて、パプナはくすぐったそうに笑った。

『そうじゃ、ぬしらは妖精の子を守ったからの。ワシからちょっとしたプレゼント、じゃ』

湖のほとりまで来たところで、チル爺が悪戯っぽい目で振り返った。

「プレゼント？」

きょとんと首を傾げたところで、チル爺が杖を振った。カッと強い光に思わず目を閉じると、タクトとラキの慌てた声が聞こえた。どうやらこれは見える光らしい。まぶたの裏で光が収まったのを確認してそっと目を開くと、見たことのない景色が広がっていた。

「な、なんだ？　転移？　すげー、妖精のじいさんの魔法なのか？」

「ビックリした～。ユータ、僕ら声が聞こえないんだから説明してよ～」

いやいや、オレだって説明されてないしビックリしたから！　一体何がどうなったのか。ほの暗い周囲に少し不安を覚えて見回すと、そこはぼんやりと光を帯びた結晶が乱立し、まるで巨大な晶洞《しょうどう》のようだ。気のせいだろうか、重力が減ったように体がふわふわする。

——妖精の道を通ってるの。ここは妖精の森の近くなの。

ラピスがすりっと体を寄せた。妖精の道って、ラピスのフェアリーサークルみたいな転移魔法の名称だと思っていた。本当に道として存在するものなの？

『存在するとも言えるし、しないとも言えるのう。ようこそ、じゃ』

「えっ？　あれがチル爺さん？　はっきり見えるぞ！」

両手を広げて気取ったしぐさをしたチル爺に、２人が驚愕した。

『ここで姿を隠す意味はないからの。さて、ささやかな礼じゃ、ちらりと妖精の里……妖精の世界を見せてしんぜよう。時にお主ら、花ミルクを知っておるかな？』

導かれるままに歩き出すと、オレたちは狐に摘まれたような顔でこくりと頷いた。

『それはあれじゃろう、乳に蜜を混ぜたものじゃろう』

「うん。さっき飲んだところだよ。違うの？」

『さてのう、お楽しみじゃ』

『はなみるくー』『おいしいよ』『おたのしみー』

一体どこまで行くんだろうと思った時、一歩踏み出した足がさわりと柔らかなものを踏んだ。

と、同時にずしりと体が重くなって、周囲にさあっと光が満ちた。

「うわあ……」

さっきまでの晶洞は一体どこへ行ったのだろう。どしんと尻餅をついたお尻が、ふかっと柔らかく受け止められた。

「すげえ……」

「こんなことって～……」

両隣に2人の気配を感じながら、オレは目の前の光景から目を離せなかった。さんさんと心地よい光が満ち、草木の香りを含んだ風が髪を揺らしていく。手のひらに感じるのは、ふかふかと温かい苔。細く流れるせせらぎが一定のリズムを刻んで、枝葉と共に音を奏でていた。

『長居はさせてやれんがの、どうじゃ？』

これが、妖精の里、妖精の世界……。オレたちがいたのは、森から突き出るように小高くなった丘の上だった。傍らの巨木が、きらきらと木漏れ日を落として揺れている。

『もってきたー』『いっしょにのむー』『おいしいよー』

どのくらいそうしていたのだろう。賑やかな声にハッと我に返ると、妖精トリオとパプナが一生懸命何かを引きずってきていた。どうやら、花の一枝だろうか。真っ白な花が咲く中に、ピンポン玉ほどの巨大な真珠《しんじゅ》がいくつもぶら下がっている。植物だと思ったけれど、まるで芸術品だ。オレの脳裏《のうり》には蓬莱《ほうらい》の玉の枝、なんて言葉が浮かんだ。

「きれいだね！　何これ、宝石？」

『美しいじゃろう？　これが正真正銘の花ミルク、というものじゃ』

チル爺が真珠を抱えてプチリともぎ取ると、葉っぱの器にころんと転がした。杖の先でスパッと割ると、とろけるように形が崩れて真っ白な液体が溢れてきた。それと共に広がった香りが、オレの鼻先まで淡く漂ってくる。なんと言えばいいのだろう、甘いという言葉に香りがあったなら、きっとこんな香りだ。

『お主たちには1つでは足りんの。ほれ、やってみい』

わっと群がった妖精たちを横目に、オレたちも真珠をひとつふたつ手に取った。見よう見まねで葉っぱの器に載せて割ってみる。途端に立ち上った香りに、くらりとした。香りが、甘い。甘さに酔うなんてこと、あるのだろうか。うっとりと目を細めて誘われるように一口。こっくりと濃厚な液体がとろりと口腔を満たし、全身に香りが溢れ出した。くらくらするほどの甘い香りと裏腹に、舌で感じるのはあくまで優しい甘み。これは、香りを飲むものだ。

「これが……花ミルクなんだね～」

「これって、俺たちしか知らねえんじゃねえ？」

陶然《とうぜん》とした顔を見合わせ、オレたちはほうっと花の吐息を吐いた。

『そうでもないぞ、ヒトの言う花ミルクは、おそらくこの花ミルクを懐かしんで作られたものじゃろう。妖精や、妖精の世界を守った大昔の誰ぞが伝えたのじゃろうな。案外、お主らの勇者なんぞかもしれんの』

妖精の世界。改めて眼下に広がる色とりどりの緑を眺めた。妖精と、誰かが守ってきた世界。オレも、ここを守る側になりたい。

「世界って、守れるんだな」

『1人では、守れんよ』

首を傾げるタクトに、チル爺は眩しげに目を細めて笑った。

『世界は1人で守るものではないのじゃ。ワシらだけで守れはせぬし、勇者1人でも守れぬよ。ぬしらは若いからの、繋いでおくれ』

何を、とは聞かなかった。きっと、たくさんあるから。大きなことじゃなくても、オレにも、誰にも繋げられるものがある。例えそれが一滴の水にしかならなくても、世界中の人がもたらす一滴は、きっと豪雨になるだろう。

オレはもう一口香りを含んで目を閉じると、ふわっと微笑んだ。

あとがき

タクト：ついに本格的な冒険者生活の始まりだぜ！　楽しかったなー!!
ラキ：美味しかったり楽しかったり～。でも、それより先に言うことがあるでしょ～？
ユータ：うん！　７巻を手にとっていただいてありがとうございます！　おかげさまでここまで来られたよ。新たな仲間も増えて、本当に嬉しい！
エリーシャ：本当、ユータちゃんの仲間はどうしてこんなかわい子ちゃんばっかりなの～!?
マリー：ああ、お待ちください！　ちょっとだけ、ちょっとお触りするだけですからー！
蘇芳：スオー、いや。あっちいく。
ユータ：（蘇芳、がんばれ！）今回はカロルス様たちと旅行先で冒険したり、『希望の光』でお花祭りも行けたし、冒険者を満喫できた感じだね！
カロルス：随分楽しそうじゃねえか。依頼はどうだったんだ？　嫌なことはなかったか？
ユータ：楽しかったよ！　懐かしい人に会えたしね、不思議な生き物にも出会ったんだよ。
カロルス：そうか。良かったな！　無茶はすんじゃねえぞ？
グレイ：カロルス様が他人の無茶を心配するようになるとは……成長ですね。
カロルス：俺は常識的な無茶しかしねえよ！　非常識な無茶はむしろお前やマリーの……やべ。

セデス：常識的な無茶って何……。ご覧よ、僕は常識的だからね～一家の要を担ってるよね。
ユータ：セデス兄さんが常識の要……。ねえ、オレが非常識って言われるの、オレのせいじゃなくない？　育った環境って大事だと思うんだ。
シロ：だってみんな変だもんね！　普通のヒトとちょっと違うなと思うよ！
モモ：ちなみにその『みんな』には、ゆうたも含まれるのよね。
ユータ：……。

ついにもふしらも7巻。ぐっと外へ世界の広がるお話はいかがだったでしょうか。子どもの成長と共に変化していく『頼る相手』と、それでも『心の拠り所』としてある存在。少しずつ離れていく手を惜しみながら見守る、複雑な心境を読者様にも感じていただけたらと思います。

今回も完全書き下ろしとして本編に『花祭り』を追加しています。花×幼児なんて最高な組み合わせで、挿絵まであるんですよ！　どうぞ色鮮やかな世界と甘い香りをご堪能ください。

そしてコミカライズも3巻が発売されましたね！　どんどん可愛くなるユータと、表情豊かなカロルス様は必見ですよ。ぜひご覧いただきたいです。

最後になりましたが、毎回素敵なイラストを描いてくださる戸部 淑先生、そして関わっていただいた皆様へ、心より感謝申し上げます。

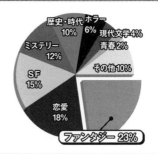

2021年7月、
最新8巻
発売予定！
もふもふを
知らなかったら
人生の半分は無駄
にしていた
1～7
著／ひつじのはね
イラスト／戸部淑
冒険あり、癒しあり、笑いあり、涙あり
もふもふたちに囲まれた
異世界スローライフ！
第7回
ネット小説大賞
受賞作！
KADOKAWA
「ComicWalker」で
コミカライズ
好評連載中！
魂の修復のために異世界に転生したユータ。
異世界で再スタートすると、ユータの素直で可愛らしい様子に
周りの大人たちはメロメロ。
おまけに妖精たちがやってきて、魔法を教えてもらえることに。
いろんなチートを身につけて、
目指せ最強への道？？
いえいえ、目指すはもふもふたちと過ごす、
穏やかで厳しい田舎ライフです！
転生少年ともふもふが織りなす
異世界ファンタジー、開幕！
定価1,320円（本体1,200円＋税10%）
ISBN978-4-8156-0334-2
ツギクルブックス
https://books.tugikuru.jp/

薬屋経営してみたら、利益が恐ろしいことになりました
～平民だからと追放された元宮廷錬金術士の物語～
著 まいか
イラスト 志田
双葉社でコミカライズ決定！
効果抜群のポーションで
行列が絶えないお店は
連日大繁盛！

ツギクルブックス
創刊記念大賞
大賞受賞作!
カット&ペーストでこの世界を生きていく
「ヤングジャンプコミックス」より
コミック単行本
発売中!
著／咲夜
イラスト／PiNe《パイネ》　乾和音　茶餅　オウカ　眠介
最強スキルを手に入れた少年の
苦悩と喜びを綴った
本格ファンタジー

異世界に
転移したら山の中だった。
反動で強さよりも快適さを選びました。
1～3
著 じゃがバター
イラスト 岩崎美奈子
カクヨム
書籍化作品
「カクヨム」総合ランキング
年間1位
獲得の人気作
(2020/4/10時点)
2021年5月、
最新4巻発売予定！
「コミック アース・スター」で
コミカライズ企画
進行中！
勇者には極力
近づきません！

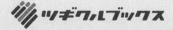

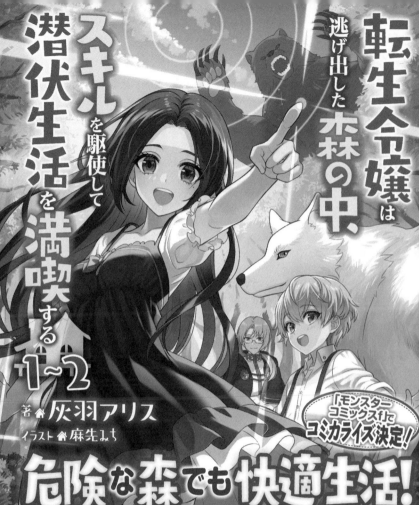

転生したけどチート能力を使わないで生きてみる
著✦大邦将人
イラスト✦碧 風羽
チート能力やるから使えよって、
そんなうまい話にのるかっ！
双葉社でコミカライズ決定！
神様からチート能力を授かった状態で大貴族の三男に異世界転生したアルフレードは、
ここが異世界転生した人物（使徒）を徹底的に利用しつくす世界だと気づく。
世の中に利用されることを回避したいアルフレードは、
チート能力があることを隠して生活していくことを決意。
使徒認定試験も無事クリア（落ちた）し、使徒巡礼の旅に出ると、
そこでこの世界の仕組みや使途に関する謎が徐々に明らかになっていく――。
テンプレ無視の異世界ファンタジー、ここに開幕！
定価1,320円（本体1,200円＋税10%）
ISBN978-4-8156-0693-0
ツギクルブックス
https://books.tugikuru.jp/

追放
悪役令嬢の旦那様
著／古森きり
イラスト／ゆき哉
1～2
マンガPark
「マンガPark」（白泉社）で
©HAKUSENSHA
コミカライズ
好評連載中！
謎持ち
悪役令嬢
第4回ツギクル小説大賞
大賞受賞作
規格外の旦那様と
辺境ライフはじめます!!!
卒業パーティーで王太子アレファルドは、
自身の婚約者であるエラーナを突き飛ばす。
その場で婚約破棄された彼女へ手を差し伸べたのが運の尽き。
翌日には彼女と共に国外追放＆諸事情により交際0日結婚。
追放先の隣国で、のんびり牧場スローライフ！
……と、思ったけれど、どうやら彼女はちょっと変わった裏事情持ちらしい。
これは、そんな彼女の夫になった、ちょっと不運で最高に幸福な俺の話。
定価1,320円（本体1,200円＋税10％）　ISBN978-4-8156-0356-4
ツギクルブックス
https://books.tugikuru.jp/

ツギクルブックス

愛読者アンケートに回答してカバーイラストをダウンロード！

愛読者アンケートや本書に関するご意見、ひつじのはね先生、戸部淑先生へのファンレターは、下記のURLまたは右のQRコードよりアクセスしてください。

アンケートにご回答いただくとカバーイラストの画像データがダウンロードできますので、壁紙などでご使用ください。

https://books.tugikuru.jp/q/202104/mofushira7.html

本書は、「小説家になろう」（https://syosetu.com/）に掲載された作品を加筆・改稿のうえ書籍化したものです。

もふもふを知《し》らなかったら人生《じんせい》の半分《はんぶん》は無駄《むだ》にしていた7

2021年4月25日　初版第1刷発行

著者　ひつじのはね

発行人　宇草 亮
発行所　ツギクル株式会社
〒106-0032　東京都港区六本木2-4-5
TEL 03-5549-1184
発売元　SBクリエイティブ株式会社
〒106-0032　東京都港区六本木2-4-5
TEL 03-5549-1201

イラスト　戸部淑
装丁　AFTERGLOW

印刷・製本　中央精版印刷株式会社

ISBN978-4-8156-0845-3
Printed in Japan